La CARTA la BRUJA y el ANILLO

La carta, la bruja y el anillo
La casa con un reloj en sus paredes 3

Título original: *The Letter, the Witch and the Ring*

Primera edición en España: abril, 2019
Primera edición en México: julio, 2019

D. R. © 1976, John Bellairs

Publicado por acuerdo con los autores mediante
BAROR INTERNATIONAL, INC., Armonk, New York
Todos los derechos reservados

D. R. © 2019, Penguin Random House Grupo Editorial, S. A. U.
Travessera de Gràcia, 47-49, 08021, Barcelona

D. R. © 2019, derechos de edición mundiales en lengua castellana:
Penguin Random House Grupo Editorial, S. A. de C. V.
Blvd. Miguel de Cervantes Saavedra núm. 301, 1er piso,
colonia Granada, delegación Miguel Hidalgo, C. P. 11520,
Ciudad de México

www.megustaleer.mx

D. R. © 2019, Sara Cano Fernández, por la traducción
D. R. © Nathan Collins, por la ilustración de la página 139
D. R. © Alfredo Cáceres, por la ilustración de cubierta
© diseño de cubierta: Penguin Random House Grupo Editorial / Judith Sendra

ISBN: 978-607-318-172-3
Impreso en México – *Printed in Mexico*

El papel utilizado para la impresión de este libro ha sido fabricado a partir de madera procedente
de bosques y plantaciones gestionadas con los más altos estándares ambientales, garantizando
una explotación de los recursos sostenible con el medio ambiente y beneficiosa para las personas.

Penguin
Random House
Grupo Editorial

La CARTA la BRUJA y el ANILLO

—✕—

John Bellairs

Traducción de Sara Cano Fernández

ALFAGUARA

CAPÍTULO UNO

¡No, no, no, NO! ¡No pienso ponerme ese ridículo uniforme! —Rose Rita Pottinger se plantó en mitad de su dormitorio. Estaba en ropa interior y miraba con odio a su madre, que sostenía en los brazos un uniforme de *girl scout* recién planchado.

—Bueno, y entonces ¿qué hago con él? —preguntó una desalentada señora Pottinger.

—¡Tirarlo a la basura! —gritó Rose Rita. Le quitó el uniforme de las manos y lo tiró al suelo. Ahora tenía lágrimas en los ojos. Notaba la cara caliente y sonrojada—. ¡Sácalo y pónselo a un espantapájaros, o lo que te dé la gana! Te lo digo y no pienso repetírtelo, mamá, ¡este verano no pienso ir de campamento, ni ser *girl scout*! ¡Me niego a ir al campamento Kitch-iti-kipi a tostar malvaviscos en la fogata mientras cantamos alegres cancioncitas! Pienso pasarme el condenado verano, enterito, lanzando la pelotita de tenis contra el costado de la casa hasta que me harte, hasta que me harte tanto que... —a Rose Rita se le quebró la voz. Se tapó la cara con las manos y lloró.

La señora Pottinger le pasó un brazo alrededor de los hombros y le ayudó a sentarse en la cama.

—Ya, ya... —le dijo, acompañando sus palabras de palmaditas en el hombro—. No es todo tan malo como lo pintas...

Rose Rita se apartó las manos de la cara. Se quitó los lentes y, sentada como estaba, miró a su madre, intentando enfocarla.

—Sí que lo es, mamá. Es tan malo como lo pinto y más. ¡Es peor! Quería pasar el verano con Lewis y divertirme, pero resulta que se va a ese estúpido campamento de chicos. Se quedará allí hasta que empiece el curso, y yo me quedaré aquí en este muermo de ciudad sin nada que hacer ni nadie con quien divertirme.

La señora Pottinger suspiró.

—Bueno, quizá podrías conseguirte otro novio.

Rose Rita volvió a ponerse los lentes y miró fatal a su madre.

—Mamá, ¿cuántas veces tengo que decírtelo? Lewis no es mi novio, es mi mejor amigo, igual que antes lo era Marie Gallagher. No veo por qué tiene que ser distinto sólo porque él sea chico y yo chica.

La señora Pottinger sonrió a su hija con expresión paciente.

—Bueno, cielo, es distinto, y eso es algo que tienes que entender. Ahora Lewis tiene doce años, y tú trece. Tú y yo debemos tener una charlita sobre este tema.

Rose Rita apartó la cara y se quedó mirando una mosca que zumbaba alrededor de la mosquitera.

—Ay, mamá, no quiero que tengamos ninguna charlita. Ahora no, por lo menos. Sólo quiero que me dejes sola.

La señora Pottinger se encogió de hombros y se levantó.

—Muy bien, Rose Rita. Lo que tú quieras. Por cierto, ¿qué tienes pensado regalarle a Lewis de despedida?

—Le compré el kit oficial de los *boy scouts* para hacer fogatas —respondió Rose Rita de mala gana—. ¿Y sabes qué? Espero que prenda fuego con él y se haga quemaduras de tercer grado.

—Ya está bien, Rose Rita —dijo su madre en tono conciliador—. Sabes perfectamente que no quieres eso.

—¿Ah, no? Bueno, mamá, pues voy a decirte una cosa...

—Te veo luego, Rose Rita —la interrumpió la señora Pottinger. No tenía ganas de oír un nuevo arrebato de genio de su hija. Si lo hacía, temía perder ella también la cabeza.

La señora Pottinger se levantó y salió de la habitación, cerrando la puerta con delicadeza a su paso. Rose Rita se quedó sola. Se tiró en la cama y lloró. Estuvo llorando un buen rato, pero tras la lloradera, en lugar de sentirse mejor, se sintió todavía peor. Se levantó y recorrió el cuarto con la mirada, tratando desesperadamente de encontrar algo que la animara.

Tal vez podría agarrar el bate y la pelota de beisbol y bajar al diamante a lanzar unas cuantas bolas. Eso solía animarla. Abrió la puerta del armario, pero, inmediatamente, una nueva oleada de tristeza se apoderó de ella. Allí, colgando lánguido de un gancho, estaba su gorrito negro. Lo había usado durante años, pero ahora le parecía ridículo. Llevaba seis meses colgado en el armario, llenándose de polvo. En aquel momento, no supo bien por qué, verlo provocó que rompiera a llorar otra vez.

¿Qué le pasaba? Hubiera pagado millones por saberlo. Quizá tuviera algo que ver con haber cumplido trece años. Ya no era una niña, sino una adolescente. El próximo otoño comenzaría la secundaria. Los alumnos de secundaria iban a clase en un enorme bloque de piedra negra que quedaba junto al de primaria. Tenían casilleros en los pasillos, como los mayores, y hasta un gimnasio propio, en el que los sábados organizaban bailes. Pero Rose Rita no quería ir a ningún baile. Tampoco quería empezar a salir con chicos, ni con Lewis ni con ningún otro. Ella sólo quería seguir siendo niña. Quería jugar beisbol, trepar árboles y montar maquetas de barcos con Lewis. Empezar la secundaria le hacía la misma ilusión que tener cita con el dentista.

Rose Rita cerró la puerta del armario y le dio la espalda. Al hacerlo, captó de reojo su imagen en el espejo. Vio a una chica tirando a fea, alta y delgaducha, con lentes y el cabello negro y lacio. «Debería haber nacido chico», pensó Rose Rita. Los chicos feúchos no tenían tantos problemas como las chicas feúchas. Además, los chicos podían ir a campamentos de *boy scouts* y las chicas no. Los chicos podían verse para jugar beisbol y a nadie le parecía que estuvieran haciendo nada raro. Los chicos no tenían que llevar medias, ni faldas plisadas y blusas almidonadas a la iglesia los domingos. En lo que a Rose Rita respectaba, los chicos se la pasaban en grande.

Pero había nacido chica, y no había mucho que pudiera hacer para cambiarlo.

Rose Rita se acercó a la pecera y le dio de comer a su pez. Empezó a silbar y recorrió la habitación con un bailecito. Afuera hacía un día estupendo. Lucía el sol. Los mayores aprovechaban para regar el césped y los niños para andar en bicicleta. Quizá si dejaba de pensar en sus problemas, desaparecerían. Tal vez, después de todo, el verano no fuera a ser tan malo.

Aquella noche, Rose Rita asistió a la fiesta que le habían organizado a Lewis para despedirse de él antes de que se fuera de campamento. Lo cierto es que no se le antojaba demasiado, pero supuso que no podía faltar. Seguía siendo su mejor amigo, y aunque la estuviera dejando plantada para irse de campamento, no quería herir sus sentimientos. Lewis vivía en un antiguo caserón en lo alto de High Street con su tío Jonathan, que era mago. Y la vecina de al lado, la señora Zimmermann, era bruja. Jonathan y la señora Zimmermann no iban por ahí vestidos con túnicas negras ni agitando sus varitas, pero sabían hacer magia.

Rose Rita se había percatado de que la señora Zimmermann sabía más de magia que Jonathan, pero tampoco presumía demasiado de ello.

Aquella noche la fiesta fue tan divertida que Rose Rita se olvidó por completo de sus problemas. Se olvidó, incluso, de que se suponía que estaba enojada con Lewis. La señora Zimmermann les enseñó un par de juegos de cartas nuevos (el *klaberjass* y el *bezigue*, el favorito de Winston Churchill) y Jonathan obró una de sus ilusiones mágicas en la que los hizo creer que estaban recorriendo el fondo del océano Atlántico vestidos con trajes de buzo. Visitaron unos cuantos galeones hundidos y el pecio del *Titanic,* y hasta presenciaron una pelea de pulpos. Cuando el espectáculo terminó, llegó la hora de la limonada y las galletas con chispas de chocolate. Salieron todos juntos al porche y comieron, bebieron, se columpiaron, rieron y charlaron hasta que se les hizo tardísimo.

Cuando la fiesta hubo terminado, en torno a la medianoche, Rose Rita se sentó a la mesa de la cocina de la señora Zimmermann. Aquella noche dormiría allí, algo que siempre la alegraba. En realidad, la señora Zimmermann era como una segunda madre para Rose Rita. Sentía que podía hablar de prácticamente cualquier cosa con ella. Así que allí estaba, sentada a la mesa de su cocina, desmigando la última galleta con chispas de chocolate y contemplando a la señora Zimmermann, que estaba de pie junto al fuego, vestida con un camisón de verano de color morado. Estaba calentando un poco de leche en un cacito. Para calmarse después de las fiestas, siempre tenía que beber leche caliente. Detestaba el sabor de aquel brebaje, pero era lo único con lo que conseguía conciliar el sueño.

—Vaya fiesta, ¿verdad, Rosie? —le preguntó mientras removía la leche.

—Sí, la verdad es que sí.

—¿Sabes? —preguntó despacio—, yo ni siquiera quería celebrarla.

Rose Rita se sorprendió.

—¿No?

—No. Tenía miedo de herir tus sentimientos. Más de lo que ya lo están, quiero decir, porque Lewis te haya dejado sola.

Rose Rita no le había contado a la señora Zimmermann cómo se sentía por la partida de Lewis. Le asombró lo mucho que la entendía. Tal vez fuera cosa de ser bruja.

La señora Zimmermann comprobó la temperatura de la leche con el dedo. Luego la vertió en una taza decorada con florecitas moradas. Se sentó en la mesa frente a Rose Rita y dio un sorbito.

—Puaj —dijo, poniendo una mueca—. Creo que la próxima vez me tomaré un somnífero. Pero volviendo a lo que estábamos hablando: estás muy enojada con Lewis, ¿verdad?

Rose Rita clavó los ojos en la mesa.

—Sí, la verdad es que lo estoy. Si el tío Jonathan y usted no me cayeran tan bien, creo que no habría venido ni siquiera un ratito.

La señora Zimmermann rio por lo bajo.

—No parecía que estuvieran en su mejor momento, esta noche. ¿Sabes por qué decidió Lewis irse de campamento?

Rose Rita desmigó aún más su galleta mientras lo pensaba.

—Bueno —dijo por fin—, supongo que se cansó de ser mi amigo y por eso ahora quiere ser águila de los *boy scouts*, o algo así.

—Algo de razón tienes —respondió la señora Zimmermann—. En lo de que quiere ser *boy scout*. Pero no se ha cansado de ser tu amigo. Creo que a Lewis le encantaría que pudieras irte de campamento con él.

Rose Rita contuvo las lágrimas con un parpadeo.

—¿En serio?

La señora Zimmermann asintió.

—Sí, y te diré algo más: se muere de ganas de volver y contarte todas las cosas geniales que ha aprendido a hacer.

Rose Rita parecía confundida.

—No lo entiendo. Es todo muy confuso. ¿Le caigo bien, así que se va para poder contarme lo bien que se la pasa cuando no está conmigo?

La señora Zimmermann rio.

—Bueno, puesto así, cielo, sí suena confuso. Y tengo que reconocer que, en la mente de Lewis, es un lío. Quiere aprender a hacer nudos y a montar en canoa y a defenderse en la naturaleza, y también quiere volver y contártelo para que pienses que es un chico de verdad y caerte aún mejor de lo que ya te cae.

—Pero ya me cae bien tal y como es. ¿A qué viene esa tontería de ser un chico de verdad?

La señora Zimmermann se recostó y suspiró. En la mesa había un cofre de plata alargado. Lo tomó y lo abrió. Contenía una hilera de puros de color café oscuro.

—¿Te importa que fume?

—No —Rose Rita ya había visto a la señora Zimmermann fumar puros. La primera vez le sorprendió, pero luego se fue acostumbrando. Mientras ella la contemplaba, la señora Zimmermann mordió la punta del puro y la escupió en una papelera que había allí cerca. Luego chasqueó los dedos y, de la nada, apareció un cerillo. Cuando el puro estuvo encendido, la señora Zimmermann volvió a ofrecerle el cerillo al aire, y éste desapareció.

—Así me ahorro ceniceros —explicó con una sonrisa traviesa. La señora Zimmermann dio unas cuantas caladas. El humo se elevó hacia la ventana abierta en volutas largas y sinuosas. Se hizo un pequeño silencio, pero al final retomó la conversación—. Sé que te cuesta entenderlo, Rose Rita. Siempre es difícil entender cuando alguien te hace algo que te duele. Pero piensa en cómo es Lewis: un muchachito tímido y gordinflón que siempre tiene la nariz metida en algún libro. No se le dan bien los deportes, y le da miedo prácticamente todo. Bueno, y luego mírate a ti. Eres la típica marimacho. Trepas cualquier árbol, corres muy deprisa, y el otro día, cuando fui a verte, eliminaste a todas las bateadoras en el partido de beisbol femenino jugando de pícher. A ti se te dan bien todas las cosas que Lewis no es capaz de hacer. ¿Entiendes ahora por qué se va a ese campamento?

Rose Rita no daba crédito a lo que estaba pensando.

—¿Para parecerse a mí?

La señora Zimmermann asintió.

—Exacto. Para parecerse a ti y caerte mejor. Claro que también hay otros motivos. Por ejemplo, que quiere parecerse a los demás chicos. Quiere ser normal..., como la mayoría de los chicos de su edad —sonrió irónicamente y echó las cenizas del puro en el fregadero.

Rose Rita se puso triste.

—Si me lo hubiera pedido, le habría enseñado un montón de cosas.

—No habría servido. No puede aprenderlas de una chica: eso heriría su orgullo. Pero mira, nos estamos desviando del tema. Lewis se va mañana de campamento, y tú te quedas aquí en New Zebedee sin nada que hacer. Bueno, pues resulta que el otro día recibí una carta muy sorprendente. Era de mi difunto primo Oley. ¿Alguna vez te he hablado de él?

Rose Rita lo pensó un segundo.

—Uy, pues creo que no...

—No me sonaba haberlo hecho. Bueno, Oley era un cielo, aunque un poco raro, pero...

—Señora Zimmermann, dijo «difunto». ¿Está...?

La señora Zimmermann asintió con gesto triste.

—Sí, me temo que Oley pasó a mejor vida. Me escribió una carta en su lecho de muerte, y... Bueno, mira, ¿por qué no voy mejor por ella y te la enseño? Así podrás hacerte una idea del tipo de persona que era.

La señora Zimmermann se levantó y fue al piso de arriba. Rose Rita se pasó un rato escuchándola golpetear y mover papeles en su gran y desordenado despacho. Cuando bajó, le tendió un trozo de papel arrugado y perforado por varias partes. También había algo escrito con una caligrafía temblorosa e incierta. Estaba salpicada de tinta por varios sitios.

—Esta carta venía con un montón de documentos legales para que los firmara —dijo la señora Zimmermann—. Todo este asunto es muy raro y no sé qué pensar al respecto. De todas maneras, aquí la tienes. Es un caos, pero se puede leer. Ah, por cierto, Oley siempre escribía con pluma cuando creía que lo que tenía que decir era importante. Por eso tiene tantos agujeros el papel. Adelante, léela.

Rose Rita tomó la carta. Decía lo siguiente:

21 de mayo de 1950

Querida Florence:

Esta tal vez sea la última carta que escribo en mi vida. Caí repentinamente enfermo la semana pasada, y no lo comprendo, porque hasta ahora no había estado enfermo un solo día de mi vida. Como sabes, no confío en los médicos, así que he intentado curarme por mis propios medios. Compré unos medicamentos en la tienda que hay calle abajo, pero no han sido de ninguna ayuda. Así que parece que estoy a punto de morir. De hecho, cuando recibas esta carta, estaré muerto, ya que dejé instrucciones precisas de ello en mi testamento en caso de que estire la pata, como dicen.

Ahora, vayamos al grano. Voy a dejarte mi granja. Eres mi única pariente viva, y siempre me has caído bien, aunque sé que nunca te preocupaste demasiado por mí. De todas maneras, lo pasado, pasado está. La granja es tuya, y espero que la disfrutes. Y aquí te dejo un último dato importante. ¿Recuerdas Batalla de la Pradera? Bueno, el otro día estaba arando allí y encontré un anillo mágico. Sé que pensarás que estoy bromeando, pero cuando lo tengas en tus manos y te lo pruebes, sabrás que no me equivocaba. No le he contado a nadie lo del anillo salvo a una vecina que vive carretera abajo. Puede que esté un poco mal del coco, pero hay ciertas cosas de las que estoy seguro, y una de ellas es que este anillo es mágico. Lo guardé en el último cajón de mi escritorio, en la cajonera izquierda, y mandaré a mi abogado a enviarte la llave junto con la de la puerta de la casa. Dicho lo cual, supongo que, por ahora, no tengo más que decir. Con suerte volveré a verte algún día, y, si no, bueno, como dicen, nos vemos en otra vida, ja, ja.

   Tu primo,

Oley Gunderson

—¡Uy! —dijo Rose Rita mientras le devolvía la carta a la señora Zimmermann—. Qué carta tan peculiar.

—Sí —concordó la señora Zimmermann, sacudiendo la cabeza con gesto afectado—, es una carta peculiar de un remitente peculiar. ¡Pobre Oley! Se pasó la vida entera en esa granja, completamente solo. Ni familia, ni amigos, ni vecinos, ni nada. Creo que eso debió de pasarle factura a su estado mental.

A Rose Rita se le descompuso el rostro.

—O sea, que...

La señora Zimmermann suspiró.

—Sí, cielo. Siento quitarte la ilusión con lo del anillo mágico, pero Oley no se equivocaba cuando decía que estaba un poco mal de la cabeza. Creo que se inventaba cosas para hacer que su vida resultara más interesante. Lo de Batalla de la Pradera es de cuando era niño. Una fantasía que conservó de entonces. El problema es que la conservó durante tanto tiempo que terminó creyendo que era verdad.

—No entiendo a qué se refiere —dijo Rose Rita.

—Es muy sencillo. Verás, de niña solía ir mucho de visita a la granja de Oley. En aquella época su padre, Sven, aún vivía. Era un hombre muy generoso, que siempre invitaba a sus primos y a sus tías a pasar largas temporadas. Oley y yo solíamos jugar juntos, y un verano encontramos unas puntas de lanza indias en la pradera, junto a un arroyo que pasa por detrás de la granja. Y bueno, ya sabes cómo son los niños. Basándonos en este pequeño descubrimiento, nos inventamos una historia en la que allí fue donde unos colonos y unos indios libraron una batalla. Les pusimos nombre a algunos de los indios y los pioneros que participaron en ella y bautizamos el campito donde jugábamos como Batalla de la Pradera. Se me había olvidado por completo hasta que Oley me envió esta carta.

Rose Rita se quedó muy decepcionada.

—¿Está segura de que lo del anillo no es verdad? O sea, a veces hasta los locos dicen la verdad. En serio, a veces lo hacen.

La señora Zimmermann le dedicó a Rose Rita una sonrisa condescendiente.

—Lo siento, cielo, pero me temo que conozco mejor que tú a Oley Gunderson. Estaba completamente chiflado. Como una auténtica cabra. Pero, chiflado o no, me dejó en herencia su granja, y no le quedan más parientes que puedan impugnar el testamento aludiendo a su cordura. Así que mi intención es ir a echarle un vistazo al terreno y firmar unos cuantos papeles. Está cerca de Petoskey, en la punta de la península Inferior, así que cuando termine con el papeleo legal, mi idea es tomar el ferri a la península Superior y recorrerla en coche. No he hecho un viaje largo en coche desde que se suspendió el racionamiento de gasolina, y acabo de comprarme uno nuevo. Me muero de ganas de ir. ¿Te gustaría acompañarme?

Rose Rita no cabía en sí de alegría. Tuvo ganas de saltar sobre la mesa y abrazar a la señora Zimmermann. Pero entonces le sobrevino un pensamiento inquietante.

—¿Cree que mis papás me dejarán ir?

La señora Zimmermann le dedicó la sonrisa más competente y profesional de su repertorio.

—Ya está todo organizado. Llamé a tu mamá hace un par de días para ver si le parecía bien. Me dijo que la idea sonaba fenomenal. Decidimos reservarnos la noticia para darte una sorpresa.

Ahora Rose Rita tenía los ojos llenos de lágrimas.

—Vaya, señora Zimmermann, muchas gracias. Muchas, muchísimas gracias.

—Ni me las des, cielo —la señora Zimmermann miró el reloj de la cocina—. Creo que será mejor que nos vayamos a la cama si queremos estar en condiciones mañana. Jonathan y Lewis vendrán a desayunar. Luego, en cuanto Lewis se vaya al campamento, nosotras nos pondremos en camino rumbo a los campos de Míchigan —la señora Zimmermann se levantó y apagó el puro en el fregadero de la cocina. Fue a la sala principal e hizo lo mismo con las luces. Cuando volvió a la cocina, Rose Rita seguía sentada en la mesa, sosteniéndose la cabeza con las manos. Tenía una expresión soñadora en el rostro.

—Sigues fantaseando con anillos mágicos, ¿eh? —le dijo la señora Zimmermann. Rio en voz baja y le dio a Rose Rita una palmadita en la espalda—. Rose Rita, Rose Rita —dijo, sacudiendo la cabeza—, el problema es que te hiciste amiga de una bruja y ahora piensas que la magia brota de las grietas de la acera como dientes de león. Por cierto, ¿te había dicho que ya no tengo mi paraguas mágico?

Rose Rita se dio la vuelta para mirar a la señora Zimmermann con incredulidad.

—¿No?

—No. Recordarás que el viejo quedó destrozado en una batalla con un espíritu maligno. Está completamente inservible. Y en cuanto al nuevo, el que Jonathan me regaló de Navidad, aún no he sido capaz de hacer nada con él. Sigo siendo bruja, claro. Todavía puedo hacer aparecer cerillos de la nada. Pero cuando se trata de cosas más serias, de magia más poderosa... Bueno, me temo que vuelvo a estar en segunda división. Soy incapaz de hacer nada.

Rose Rita se apenó muchísimo. Había visto el paraguas mágico de la señora Zimmermann en acción. En condiciones normales parecía un paraguas negro, viejo y andrajoso, pero cuando la señora Zimmermann le decía ciertas palabras mágicas, se convertía en una alta vara coronada por una esfera de cristal, una esfera en la que brillaba una estrella morada. Era la fuente de los mayores poderes de la señora Zimmermann. Y ahora estaba destruido. Destruido para siempre.

—¿No..., no hay nada que pueda hacer para recuperarlo, señora Zimmermann? —le preguntó Rose Rita.

—Me temo que no, cielo. Ahora soy una bruja de salón, como Jonathan, y tendré que sacarle el máximo partido que pueda. Lo siento. Ahora, corriendo a la cama. Mañana tenemos por delante un largo día de viaje.

Rose Rita subió las escaleras, soñolienta. Se alojaba en el dormitorio de invitados. Era una habitación muy agradable, como casi todas las de la casa de la señora Zimmermann, y estaba llena de objetos morados. El papel pintado de las paredes tenía un estampado de ramitos de violetas, y el orinal de la esquina era de porcelana morada de la fábrica Royal Crown Derby. Sobre el escritorio había colgado un cuadro de una estancia en la que prácticamente todo era morado. Estaba firmado por «H. Matisse». El célebre pintor francés se lo había regalado a la señora Zimmermann durante su visita a París justo antes de la Primera Guerra Mundial.

Rose Rita se recostó sobre la almohada. La luna suspendida sobre la casa de Jonathan proyectaba una luz plateada en las torretas, los gabletes y los tejados triangulares. Rose Rita se notaba encandilada, extraña. En su mente, los paraguas y los anillos mágicos se perseguían mutuamente. Pensó en la carta de Oley. ¿Y si realmente había un anillo mágico allí, guardado en su escritorio? Desde luego, sería muy emocionante. Rose Rita suspiró y se acostó de lado. La señora Zimmermann era una mujer lista. Siempre sabía de lo que hablaba, y probablemente tuviera razón sobre aquel viejo anillo. Toda aquella historia no era más que una tontería. Pero mientras se iba quedando adormilada, Rose Rita no pudo evitar pensar en lo genial que sería que la carta de Oley hubiera contado la verdad.

CAPÍTULO DOS

A la mañana siguiente, la señora Zimmermann preparó panecillos huecos para el desayuno. Justo cuando sacaba la bandeja del horno, la puerta trasera de la casa se abrió y Jonathan y Lewis entraron por ella. Lewis era rechoncho y tenía la cara redonda. Estrenaba uniforme de *boy scout* y al cuello llevaba un pañuelo rojo vivo con las iniciales BSA bordadas en la parte que le caía por la espalda. Llevaba el pelo peinado con raya en medio y engominado con aceite en crema de la marca Wildroot. Jonathan iba tras él. Su tío siempre tenía el mismo aspecto, ya fuera invierno o verano: barba pelirroja, pipa en boca, pantalones de mezclilla desgastados, camisa azul de trabajo, chaleco rojo.

—¡Hola, pasa! —saludó alegremente Jonathan—. ¿Están ya listos esos bollos?

—La primera hornada sí, Barbarrara —espetó la señora Zimmermann al tiempo que depositaba la pesada bandeja de hierro sobre la mesa—. Sólo voy a hacer dos. ¿Crees que te quedarás satisfecho comiéndote sólo cuatro?

—A la velocidad que te los zampas, vieja bruja, suerte tendré si alcanzo uno. Ojo con su tenedor, Lewis. La semana pasada me lo clavó en el dorso de la mano.

Jonathan y la señora Zimmermann siguieron intercambiando insultos hasta que el desayuno estuvo listo. Entonces, se sentaron con Lewis y Rose Rita y se dedicaron al silencioso asunto de devorarlo. Al principio Lewis no se atrevía a mirar a Rose Rita a los ojos. Aún se sentía mal por haberla dejado plantada el verano entero. Pero luego se dio cuenta de que la expresión de su amiga era de lo más engreída. Jonathan también lo notó.

—¡Ay, okey! —dijo Jonathan cuando ya no pudo soportar más el suspenso—. ¿Cuál es el gran secreto? Rose Rita está hinchada como un pavo.

—Ah, no gran cosa —respondió Rose Rita, sonriendo—. Sólo que me voy a explorar una vieja granja abandonada con la señora Zimmermann. Se supone que está encantada y hay un anillo mágico escondido en alguna parte de la casa. Lo colocó allí un chiflado que después se colgó en el granero.

Lewis y Jonathan tuvieron que reprimir un grito. Rose Rita estaba exagerando. Era uno de sus defectos. Por lo general era bastante sincera, pero cuando la ocasión lo requería, se le podían ocurrir las mentiras más increíbles.

La señora Zimmermann le dedicó una mirada amarga.

—Deberías escribir libros —espetó secamente. Luego volteó a ver a Lewis y a Jonathan—. A pesar de lo que dice aquí mi amiga, no he abierto una agencia turística de temática macabra. Mi primo Oley (tú te acordarás de él, Jonathan) murió, y me dejó en herencia su granja. Voy a ir a ver la finca y a hacer un pequeño viaje en coche por la zona, y le pedí a Rose Rita que me acompañe. Siento no habértelo dicho antes, Jonathan, pero temía que se te fuera la lengua con Lewis. Ya sabes lo bien que se te da guardar secretos.

Jonathan le hizo una mueca a la señora Zimmermann, pero ella lo ignoró.

—Bueno —dijo, volviendo a sentarse y sonriendo ampliamente a Rose Rita y a Lewis—. Ahora los dos tienen algo que hacer este verano, ¡como debería ser!

—Ya... —dijo Lewis, malhumorado. Estaba empezando a preguntarse si el plan de Rose Rita no sería mejor que el suyo.

Después de desayunar, Lewis y Rose Rita se ofrecieron a lavar los platos. La señora Zimmermann fue a su despacho y bajó la carta de Oley para que Jonathan la viera. La leyó caviloso mientras Rose Rita lavaba y Lewis secaba. La señora Zimmermann se sentó en la mesa de la cocina, tarareando y fumándose un puro. Cuando Jonathan terminó de leer la carta, se la devolvió sin decir nada, aunque parecía pensativo.

Minutos después, Jonathan se levantó y fue a su casa, que estaba junto a la de la señora Zimmermann. Sacó su enorme coche negro de la entrada dando marcha atrás y lo estacionó junto a la acera. El material de *boy scout* de Lewis había colonizado el asiento trasero: esterilla, mochila, manual del *scout*, botas de montaña y una caja de hojuelas de avena de la marca Quaker llena hasta arriba de la especialidad de la señora Zimmermann, galletas con chispas de chocolate.

Rose Rita y la señora Zimmermann se acercaron al bordillo. Jonathan ya estaba al volante, y Lewis se sentó a su lado.

—Bueno, buen viaje, *bon voyage* y esas cosas que se dicen —se despidió la señora Zimmermann—. Pásatela bien en el campamento, Lewis.

—Gracias, señora Zimmermann —dijo Lewis, despidiéndose de ella con la mano.

—Ustedes dos, pásenla bien también por los campos de Míchigan —dijo Jonathan—. Ah, por cierto, Florence.

—¿Sí? ¿Qué pasa?

—Sólo una cosa: creo que deberías revisar el escritorio de Oley, en caso de que realmente haya algo escondido ahí. Nunca se sabe.

La señora Zimmermann rio.

—Si encuentro un anillo mágico, te lo enviaré por correo urgente. Pero si estuviera en tu pellejo, no contendría la respiración mientras espero. Tú conociste a Oley, Jonathan. Sabes lo chiflado que estaba.

Jonathan se sacó la pipa de la boca y miró a la señora Zimmermann a los ojos.

—Sí, sé cómo tenía la cabeza Oley, pero igualmente creo que deberías estar atenta.

—Ah, descuida, lo estaré —respondió la señora Zimmermann, quitándole importancia. No tenía la sensación de que hubiera nada a lo que estar atenta.

Hubo más adioses y manos en movimiento, y luego Jonathan arrancó. La señora Zimmermann mandó a Rose Rita regresar rápidamente a su casa mientras ella volvía adentro a empacar sus propias cosas.

Rose Rita bajó la colina corriendo. Estaba muy emocionada, e impaciente por emprender aquella aventura. Pero justo cuando fue a abrir la puerta de su casa, oyó a su padre decir:

—Bueno, me gustaría que la próxima vez lo consultaras conmigo antes de dejar que nuestra hija se relacione con la loca del pueblo. Por amor de Dios, Louise, acaso no tienes...

La señora Pottinger lo interrumpió.

—La señora Zimmermann no es la loca del pueblo —respondió con firmeza—. Es una persona responsable que además resulta ser muy buena amiga de Rose Rita.

—¡Responsable, ja! Fuma puros y se relaciona con ese viejo como se llame, ese tipejo barbudo y adinerado. El que hace trucos de magia, tú sabes cómo se llama.

—Sí, sí que lo sé. Y cabría pensar que después de que tu hija lleve más de un año siendo la mejor amiga del sobrino de ese tal como se llame, lo menos que podrías hacer es aprenderte su nombre. Pero sigo sin entender por qué...

La cosa no quedó ahí. El señor y la señora Pottinger estaban discutiendo en la cocina, tras una puerta cerrada. Pero el señor Pottinger tenía una voz muy potente, incluso cuando no gritaba, y su mujer había elevado el tono para igualarlo al suyo. Rose Rita se quedó allí un momento, escuchando. Sabía por experiencia que no era buena idea interrumpirlos en una discusión, así que subió de puntitas al primer piso y empezó a hacer las maletas.

En la gastada maleta negra que usaba para viajar, Rose Rita guardó ropa interior, camisetas, jeans, un cepillo de dientes, dentífrico y todo lo que se le ocurrió que podía necesitar. La sensación de no tener que meter en la maleta vestidos, blusas o faldas era fantástica. La señora Zimmermann nunca le pedía que se arreglara: la dejaba vestirse como quisiera. Se sintió repentinamente desamparada cuando recordó que no podría ser una marimacho para siempre. Faldas y medias, labiales y rubores, citas y bailes, eso era lo que le esperaba en la secundaria. ¿No sería genial poder ser un chico? Así podría...

Rose Rita escuchó un claxon pitando afuera. Tenía que ser la señora Zimmermann. Deslizó el cierre de la maleta y bajó corriendo las escaleras con ella. Cuando salió por la puerta, encontró allí a su madre, sonriendo. Su padre no estaba, así que aparentemente la tormenta había pasado. La señora Zimmermann se había estacionado junto a la acera. Iba al volante de un Plymouth de 1950 nuevecito. Era alto y cuadrado, y tenía una cajuela bastante abultada. Una franja cromada dividía el parabrisas en dos, y en el lateral del coche, en letritas cuadradas, se leía CRANBROOK, el nombre de aquel modelo en concreto. El coche era de un vivo color verde. La señora Zimmermann estaba enojada porque lo había encargado en granate, pero le había dado demasiada pereza devolverlo.

—¡Hola, Rose Rita! ¡Hola, Louise! —dijo la señora Zimmermann, saludando a ambas con la mano—. Hace buen día para viajar, ¿verdad?

—Yo diría que sí —respondió la señora Pottinger, sonriendo. Se alegraba de veras de que Rose Rita pudiera irse de viaje con la señora Zimmermann. El trabajo del señor Pottinger obligaba a la familia a quedarse todo el verano en New Zebedee, y la señora Pottinger se hacía una idea de lo sola que su hija se sentiría sin

Lewis. Afortunadamente, la señora Pottinger desconocía por completo las habilidades mágicas de la señora Zimmermann, y desconfiaba de los rumores que escuchaba.

Rose Rita besó a su madre en la mejilla.

—Adiós, mamá —se despidió—. Te veo en un par de semanas.

—De acuerdo. Pásatela bien —dijo la señora Pottinger—. Mándame una postal cuando llegues a Petoskey.

—Lo haré.

Rose Rita bajó los peldaños corriendo, lanzó su maleta al asiento trasero y rodeó el coche a la carrera para subirse al delantero, junto a la señora Zimmermann. La anciana arrancó y empezó a bajar por Mansion Street. El viaje había comenzado.

La señora Zimmermann y Rose Rita tomaron la nacional 12 hasta la 131, que llevaba directo al norte atravesando Grand Rapids. Hacía un día hermoso y soleado. Por las ventanillas veían pasar postes de teléfono, árboles y vallas publicitarias de espuma de afeitar Burma-Shave. En los terrenos vieron maquinaria de granja en acción, máquinas que se llamaban John Deere, o Minneapolis-Moline, o International Harvester. Estaban pintadas de colores vivos: azul, verde, rojo y amarillo. De vez en cuando, la señora Zimmermann tenía que parar en la cuneta para dejar pasar a un tractor con una larga pala dentada.

Cuando llegaron a Big Rapids, Rose Rita y la señora Zimmermann se detuvieron a comer en una cafetería. En una esquina había una máquina de *pinball*, y la señora Zimmermann insistió en echarse una partida. Era una jugadora profesional. Sabía manejar los pulsadores como una experta y, tras llevar un rato jugando con aquella máquina en concreto, sabía cuánto podía golpear los laterales y la cubierta de la máquina sin que se iluminara la luz roja que indicaba que se estaba ladeando el aparato. Para cuando se hartó, llevaba treinta y cinco partidas ganadas. Dejó que los dueños de la cafetería, que contemplaban la escena boquiabiertos, las anularan todas. Nunca antes habían visto a una señora de su edad jugando a una máquina de *pinball*.

Después de comer, la señora Zimmermann fue a un supermercado de la cadena A&P y a la panadería. Su plan era cenar de pícnic cuando llegaran a la granja. En la hielera de metal que llevaba en la cajuela metió salami, mortadela, un par de latas de paté de jamón picante, un cuarto de litro de helado de vainilla, una botella de leche, tres de refresco y un frasco de pepinillos. En una cesta de pícnic de madera metió dos hogazas recién horneadas de pan de molde y un pastel de chocolate. Compró hielo picado en una gasolinera y rellenó la hielera con él para que la comida no se estropeara. Hacía calor. El termómetro de la valla publicitaria junto a la que pasaron cuando salieron de la ciudad marcaba treinta y dos grados.

La señora Zimmermann le dijo a Rose Rita que conducirían directamente hasta la granja, sin hacer paradas. Las colinas se iban empinando a medida que se adentraban en el norte. Algunas eran tan escarpadas que parecía que el coche no podría subirlas, pero era curioso cómo daban la sensación de aplanarse bajo las ruedas a medida que ascendía. Ahora Rose Rita estaba completamente rodeada de pinos: era lo único que veía a su alrededor. Su fresca y maravillosa fragancia se colaba por las ventanillas del coche mientras circulaban. Se estaban aproximando a los vastos bosques del norte de Míchigan.

Esa misma tarde, después, Rose Rita y la señora Zimmermann conducían a no mucha velocidad por una carretera de grava, escuchando el parte meteorológico en la radio. Sin previo aviso, el coche empezó a frenar hasta detenerse por completo. La señora Zimmermann giró la llave en el contacto y pisó el acelerador. Lo único que obtuvo fue el leve ronroneo del pistón intentando despertar el motor, pero no lo consiguió. Al decimoquinto intento, la señora Zimmermann se recostó contra el asiento y maldijo suavemente en voz baja. Entonces se le ocurrió mirar el indicador de gasolina.

—¡Ay, no me digas! —rezongó. Se inclinó hacia delante y comenzó a golpearse la cabeza contra el volante.

—¿Qué pasa? —preguntó Rose Rita.

La señora Zimmermann se limitó a quedarse allí sentada, con una expresión de disgusto en el rostro.

—Ah, bueno, nada grave. Nos quedamos sin gasolina, nada más. Quería llenar el tanque en el mismo sitio donde compré el hielo en Big Rapids, pero se me olvidó.

Rose Rita se tapó la boca con la mano.

—¡Ay, no!

—Ay, sí. Pero sé dónde estamos. A apenas unos kilómetros de la granja. Si tienes ganas, podríamos dejar el coche en la cuneta y caminar, pero ni siquiera será necesario. Hay una gasolinera un poco más adelante, en la carretera. O solía haberla, al menos.

La señora Zimmermann y Rose Rita salieron del coche y comenzaron a caminar. El sol ya casi se había puesto. Nubecillas de mosquitos flotaban en el aire, y las largas sombras de los árboles se proyectaban sobre la carretera. Aquí y allá, entre los árboles que crecían junto a la cuneta, se adivinaban retazos de luz roja. Las dos viajeras subieron y bajaron colinas con lentitud, levantando un polvo blanquecino a su paso. La señora Zimmermann era bastante andarina, y Rose Rita también. Llegaron a la gasolinera justo cuando el sol se ocultaba.

La tienda de alimentos, que se llamaba Bigger's, estaba rodeada por un oscuro bosque de pinos en tres de sus lados. Era una sencilla casita blanca de tejado triangular con grandes paneles de vidrio en la fachada. A través de ellos se veían hileras de alimentos apilados y, al fondo, una caja registradora y un mostrador. Las letras verdes pintadas en la ventana en algún momento debieron de deletrear ENSALADA, pero ahora sólo decían ADA. Como muchas otras tiendecitas de alimentos, Bigger's también tenía una pequeña gasolinera. Frente a la fachada había dos surtidores de gasolina rojos y, junto a ellos, una señal blanca con un caballo alado en su interior. El caballo también aparecía en los adornos circulares que

coronaban cada uno de los surtidores. En el terrenito infesta-
do de maleza que quedaba junto a la tienda había un gallinero.
Estaba en un recinto vallado, pero en el corral no se veía ninguna gallina. El tejado de tela impermeable del gallinero
tenía una parte derrumbada, y el bebedero que había en el corral
estaba recubierto por una gruesa capa de algas verdes.

—Bueno, pues ya llegamos —dijo la señora Zimmermann,
secándose la frente—. Ahora, si conseguimos que Gert salga y
nos atienda, estaremos listas.

Rose Rita estaba sorprendida.

—¿Conoce a la señora que lleva la tienda?

La señora Zimmermann suspiró.

—Sí, me temo que sí. Hace mucho que no vengo por estos
lares, pero Gert Bigger era quien regentaba la tienda la última vez que vine a visitar a Oley. Eso debió de ser hace unos
cinco años. Puede que siga aquí, pero también puede que no.
Veremos.

Cuando Rose Rita y la señora Zimmermann se acercaron
a la tienda, se fijaron en el perrito negro recostado en los
escalones que había frente a la puerta. En cuanto las vio, se incorporó de un brinco y empezó a ladrar. Rose Rita tuvo miedo

de que intentara morderlas, pero la señora Zimmermann estaba tranquila. Se acercó a los escalones, puso los brazos en la cintura y gritó:

—¡Largo!

El perro se mantuvo en la misma posición y ladró aún más alto. Por fin, justo cuando la señora Zimmermann se disponía a propinarle un buen puntapié, saltó por el lateral de los peldaños y corrió a los matorrales que había al fondo del caminito asfaltado de la entrada.

—Perro estúpido —gruñó la señora Zimmermann. Subió los escalones y abrió la puerta de la tienda.

La campanita tintineó. Las luces estaban encendidas, pero tras el mostrador no había nadie. La señora Zimmermann y Rose Rita esperaron allí, de pie, varios minutos. Por fin escucharon golpes y traqueteo en la trastienda. Una puerta se abrió con un chirrido, y Gert Bigger entró por ella. Era una mujer alta y corpulenta, ataviada con un vestido que le quedaba como un saco, y expresión furiosa. Se asombró de ver a la señora Zimmermann.

—Ah, ¡eres tú! Hace bastante que no pasas por aquí. Bueno, ¿qué quieres?

Gert Bigger estaba siendo tan hosca con la señora Zimmermann que Rose Rita se preguntó si le guardaría rencor por algo.

Ella respondió con voz tranquila.

—Sólo quería un poco de gasolina, si no es demasiada molestia. Nos quedamos sin ella en la carretera, cerca de aquí.

—Un minuto —espetó Gert.

Se encaminó por el pasillo central de la tienda y salió por la puerta, cerrándola de un portazo a su paso.

—¡Caramba, vaya vieja cascarrabias! —comentó Rose Rita.

La señora Zimmermann sacudió la cabeza con tristeza.

—Sí, cada vez que la veo es peor. Vamos, agarremos nuestra gasolina y larguémonos de aquí.

Tras revolver y maldecir un buen rato por las estanterías, Gert Bigger encontró un bidón de veinte litros y lo rellenó. A Rose Rita le gustaba el olor de la gasolina, y también ver girar los números del contador. Cuando se detuvieron, Gert cerró el surtidor y les comunicó el precio. Era exactamente el doble de lo que marcaba el contador.

La señora Zimmermann miró a la mujer con dureza. Trataba de deducir si estaba bromeando.

—¿Nos estás tomando un poquito el pelo, Gertie? Mira esos números de ahí.

—No es ninguna broma, querida. Paga, o ve caminando a la granja —añadió con voz burlona—. Es el precio especial que les hago a los amigos.

La señora Zimmermann tardó en reaccionar un minuto, tratando de decidir qué hacer. Rose Rita estaba deseando que meneara la mano y convirtiera a Gert Bigger en sapo, o algo así. Al final, dejó escapar un largo suspiro y abrió el monedero.

—¡Toma! Espero que te rinda muchísimo. Vamos, Rose Rita, volvamos al coche.

—De acuerdo.

La señora Zimmermann cogió el bidón y comenzaron a desandar la carretera. Cuando hubieron pasado la primera curva, la chica preguntó:

—¿Qué le pasa a esa vieja? ¿Por qué está tan enojada con usted?

—Está enojada con todos, Rosie. Enojada con el mundo. La conocí de joven, cuando solía venir a la antigua granja a pasar los veranos. De hecho en uno, el de mis dieciocho, nos peleamos por el mismo chico, un muchacho que se llamaba

Mordecai Hunks. Gané yo, pero tampoco duramos mucho. Rompimos cuando terminó el verano. No sé con quién se casó.

—¿Gertie se enojó con usted porque le quitó el novio?

La señora Zimmermann rio y sacudió la cabeza.

—¡Ya lo creo que se enojó! Y, ¿sabes qué? ¡Sigue enojada! Esa mujer es especialista en guardar rencor. Se acuerda de cosas que la gente dijo hace años, y siempre está planeando vengarse de alguien. Aunque debo decir que nunca la he visto comportarse como esta noche. Me pregunto qué bicho le habrá picado —la señora Zimmermann se detuvo en mitad de la carretera y dio media vuelta. Miró hacia la tienda de Gert Bigger y se frotó el mentón. Parecía pensativa. Luego, encogiéndose de hombros, le dio la espalda de nuevo y caminó hacia el coche.

Ya era de noche. Las cigarras de los yerbajos de la cuneta cantaban, y un conejo pasó frente a ellas como una exhalación y desapareció en los matojos que había al otro lado. Cuando la señora Zimmermann y Rose Rita llegaron por fin al coche, el vehículo seguía ahí, bajo la luz de la luna, aguardándolas pacientemente. A Rose Rita le había dado por considerarlo una persona. Había un motivo para ello: el coche tenía cara. Sus ojos eran penetrantes, como los de las vacas, y su boca, de pez, con los labios gruesos y el gesto apesadumbrado. Tenía expresión de pena, aunque solemne.

—El Plymouth es bonito, ¿verdad? —preguntó Rose Rita.

—Sí, supongo que tengo que reconocer que lo es —dijo la señora Zimmermann, rascándose la barbilla con gesto pensativo—. Para ser un coche verde, no está mal del todo.

—¿Podemos ponerle nombre? —se le ocurrió de repente a Rose Rita.

La señora Zimmermann se mostró sorprendida.

—¿Nombre? Bueno, sí, supongo que podemos. ¿Cómo te gustaría llamarlo?

—Bessie —Rose Rita había conocido una vaca que se llamaba Bessie. Le parecía que podía ser un buen nombre para un coche paciente de mirada penetrante.

La señora Zimmermann vertió los veinte litros del bidón en el tanque de Bessie. Cuando giró la llave en el contacto, el coche arrancó inmediatamente. Rose Rita vitoreó. Volvían a ponerse en marcha.

A la altura de la tienda de la señora Bigger, la señora Zimmermann se detuvo lo justo para dejar el bidón vacío junto a los surtidores. Mientras el coche avanzaba hacia la granja,

Rose Rita se fijó en que el bosque que comenzaba tras la tienda de Gert Bigger se extendía carretera abajo.

—Ese bosque es bastante grande, ¿verdad, señora Zimmermann? —preguntó, señalando a la derecha.

—Ajá. Es un bosque estatal y, como bien dices, bastante grande. Llega hasta la granja de Oley y aún se prolonga hacia el norte. Es un lugar hermoso, pero no me gustaría perderme en él. Una podría pasarse días vagando allí sin que nadie la encontrara.

Siguieron conduciendo. Rose Rita comenzó a preguntarse cómo sería la granja de Oley. Llevaba imaginándosela todo el camino, y ya tenía en mente una idea bastante clara de cómo debía de ser aquel lugar. Pero ¿lo sería? En nada podría comprobarlo. Sólo quedaban unas cuantas colinas por subir y bajar, unas cuantas curvas que doblar y luego recorrer una larga carretera llena de baches bordeada de árboles. Y al final, abruptamente, apareció la granja del viejo Oley.

No era como Rose Rita se la había imaginado, pero era bonita. El granero era largo y estaba pintado de blanco. Tenía cara, igual que Bessie: dos ventanas por ojos, una puerta bien alta por boca. La casa estaba junto a él. Era cuadrada y sencilla, coronada por una cupulita cuadrada a su vez. Parecía completamente desierta. La hierba del jardín había crecido mucho, y el buzón estaba empezando a oxidarse. El granero tenía una ventana rota. Mientras Rose Rita lo contemplaba, un pajarillo se coló volando por el agujero. A lo lejos se avistaba el bosque.

La señora Zimmermann condujo hasta el granero y detuvo el motor. Salió y, a continuación, con ayuda de Rose Rita, empujó la pesada puerta corrediza. El aire fresco desprendía un ligero aroma a abono. Había dos largas hileras de establos para ganado (ambas vacías) y, en el altillo, Rose Rita vio heno. En las vigas que sostenían el heno segado había unas cuantas matrículas claveteadas. Cuando Rose Rita las miró más detenidamente, vio que eran de fechas como 1917 y 1923. La silueta nebulosa de un pájaro iba y venía entre los travesaños. Rose Rita y la señora Zimmermann se quedaron allí, en silencio, bajo el alto techo. La sensación era casi la misma que la de estar en la iglesia.

Fue la señora Zimmermann quien finalmente rompió el encantamiento.

—Bueno, vamos —dijo—. Saquemos la cesta de pícnic y la hielera y abramos la casa. Me muero de hambre.

—Yo también —reconoció Rose Rita. Pero cuando la señora Zimmermann abrió la puerta de la granja y encendió las luces, se quedó conmocionada. Parecía que la hubiera arrasado un tornado. Había cosas desperdigadas por todas partes. Habían abierto los cajones y compartimentos, y desparramado el contenido al suelo. También habían descolgado los cuadros de las paredes, y sacado todos los libros de un estrecho librero que había en el vestíbulo principal de la casa.

—¡Santo cielo! —dijo la señora Zimmermann—. ¿Qué diantres crees que estaban...? —se dio la vuelta y miró a Rose Rita. Las dos estaban pensando lo mismo.

Rose Rita siguió a la señora Zimmermann a la habitación en la que Oley Gunderson tenía su despacho. Apoyado contra una de las paredes había un enorme secreter. La tapa estaba descubierta, y todos los compartimentos de la parte trasera vacíos. Había marcas de dedos en la superficie, y habían vaciado el portalápices. Todos los cajones estaban abiertos y su contenido estaba desperdigado por el suelo. La madera que rodeaba el cajón inferior izquierdo estaba astillada y arañada: en apariencia, era el único cerrado con llave. Junto al buró había un cajón con la tapa particularmente arañada, y en su interior una caja de cuero negro de un reloj marca Benrus.

La señora Zimmermann se arrodilló y cogió la cajita. Cuando la abrió, encontró dentro otra más pequeña, de esas que se usan para guardar anillos, cuadrada y forrada de terciopelo azul. Sin pronunciar palabra, la señora Zimmermann la abrió y miró dentro. Rose Rita se asomó por encima de su hombro para ver también.

La mitad inferior contenía un cojincito de terciopelo negro con una hendidura. Daba la sensación de que la hubieran ensanchado, como si hubieran incrustado algo demasiado grande en ella.

Pero, fuera lo que fuera, ya no estaba.

CAPÍTULO TRES

La señora Zimmermann se arrodilló allí, en medio del desastre del suelo, contemplando la cajita del anillo vacía. De repente, rio.

—¡Ja! ¡Vaya broma para quienquiera que haya sido el ladrón!

Rose Rita estaba patidifusa.

—No entiendo a qué se refiere, señora Zimmermann.

Ella se levantó y se sacudió el polvo del vestido. Arrojó con desprecio la cajita del anillo al cajón vacío.

—Es muy sencillo, cielo, ¿no lo ves? Oley seguramente fue farfullando por ahí esa ridícula historia sobre el anillo mágico. Alguien debió de darle crédito y deducir que había algo de valor oculto en la casa. Al fin y al cabo, no hace falta pensar que el anillo es mágico para querer robarlo. Generalmente, los anillos están hechos de metales preciosos como el oro o la plata, y algunos tienen incrustados diamantes, rubíes y piedras por el estilo. Tras la muerte de Oley, alguien debió de colarse en la casa. ¡Me imagino lo que se encontraría! Probablemente, la arandela de un grifo viejo. Bueno, podría haber sido peor. Podrían haberle prendido fuego a la casa. Aunque la dejaron hecha un desastre, y vamos a tener que ordenar un poco. Ahora, sin embargo...

La señora Zimmermann parloteaba mientras enderezaba el escritorio de Oley, colocando los lapiceros en los portalápices y los borradores en los compartimentos. «¿A quién rayos se cree que está engañando?», pensó Rose Rita. Por cómo se estaba comportando, dedujo que aquello era una tapadera. Se había fijado en cómo le temblaba la mano cuando abrió la cajita. En lo pálida que estaba. «Así que el anillo mágico era de verdad —se dijo Rose Rita—. Me pregunto qué aspecto tendrá». También se preguntó quién se lo habría llevado, y qué pretendería hacer con él. Se acababa de topar con un verdadero misterio, y el asunto la emocionaba tanto que no estaba ni un poquito asustada.

Era casi medianoche cuando Rose Rita y la señora Zimmermann pudieron sentarse por fin a cenar de pícnic. Colocaron la comida en la mesa de la cocina y sacaron unos cuantos platos polvorientos y cubiertos de plata deslustrada de una alacena que había sobre el fregadero. Después fue hora de acostarse. Había dos habitaciones contiguas en el piso de arriba, cada una con una camita de madera de roble oscura. Rebuscaron en el armario de la ropa de cama que había al fondo del pasillo y encontraron unas cuantas sábanas. Olían un poco a moho, pero estaban limpias. Prepararon las camas y se dieron las buenas noches.

A Rose Rita le costó conciliar el sueño. Hacía calor, aun siendo de noche, y no soplaba ni una mísera brisa. Las cortinas de la ventana, abierta, estaban inmóviles. Dio vueltas y vueltas en la cama, pero no sirvió de nada. Finalmente, Rose Rita se sentó en el colchón y encendió la lamparita de la mesita de noche. Rebuscó en su maleta la copia de *La isla del tesoro* que se había traído para leer y colocó la almohada contra la cabecera de la cama. Bueno, ¿dónde se había quedado? Ah, claro. Ahí. John Silver el Largo había capturado a Jim, y los piratas estaban buscando el tesoro del capitán Flint. Era una escena bastante emocionante. Jim tenía una cuerda atada a la cintura y Silver, que cojeaba alegremente con su muleta, lo estaba arrastrando por la arena...

Tap, tap, tap. Rose Rita percibió el sonido mientras leía. En un primer momento pensó que sólo lo oía en su cabeza. A menudo se imaginaba escenas, sonidos y olores cuando estaba leyendo, y en aquel momento tal vez se estuviera imaginando el sonido de la muleta de John Silver el Largo. Tap, tap, tap..., pero no sonaba así, sino más bien como una moneda arañando la superficie de un pupitre..., y, de todas maneras, una muleta no haría ningún ruido sobre la arena. Sólo haría...

A Rose Rita se le cayó la cabeza sobre el pecho y el libro de la mano. Cuando se dio cuenta de lo que estaba pasando, se sacudió con vigor. «Sí que soy una boba, quedándome dormida», fue lo primero que pensó, y luego recordó que se había puesto a leer para ayudarse a conciliar el sueño. «Supongo que funcionó», pensó Rose Rita con una sonrisa. Tap, tap, tap. Aquel sonido otra vez. ¿De dónde venía? De su cabeza desde luego que no. Procedía de la habitación de la señora Zimmermann. Y entonces Rose Rita supo qué era. Era la señora Zimmermann, golpeando su anillo contra algo.

La señora Zimmermann tenía un anillo con una gran piedra incrustada. Era morada, porque le encantaba todo lo que fuera de aquel color. No era un anillo mágico, sólo una baratija que le gustaba. Se lo había comprado en Coney Island. Lo llevaba siempre puesto, y cuando se ponía a pensar en algo, concentrada de verdad, lo golpeaba contra lo que tuviera a la mano: sillas, la superficie de una mesa o una estantería. La puerta entre ambos dormitorios estaba cerrada, pero, con el ojo de su mente, Rose Rita veía una imagen nítida de la señora Zimmermann acostada en la cama, despierta, mirando al techo y golpeando el anillo contra el lateral del armazón de la cama. ¿En qué estaría pensando? En el anillo, probablemente: el otro anillo, el robado. Rose Rita se moría de ganas de entrar en su habitación y hablar con la señora Zimmermann sobre ello, pero sabía que no podía. Se cerraría como una almeja si intentaba sacar el tema del anillo mágico de Oley Gunderson.

Rose Rita se encogió de hombros y suspiró. No había nada que pudiera hacer y, de todas maneras, estaba casi dormida. Ahuecó la almohada, apagó la luz y se estiró. En un santiamén, estaba roncando tranquilamente.

A la mañana siguiente, temprano, Rose Rita y la señora
Zimmermann recogieron sus cosas, cerraron la casa y condujeron hacia Petoskey. Desayunaron allí en una cafetería y fueron a
ver al abogado de Oley. Luego se dirigieron hacia los estrechos.
Aquella tarde cruzaron el de Mackinac en un ferri que se llamaba *Ciudad de Escanaba.* El cielo estaba gris y llovía. El ferri
avanzaba lentamente entre las aguas revueltas de los estrechos.
A su derecha, la señora Zimmermann y Rose Rita apenas veían
la isla de Mackinac, una borrosa mancha gris. Cuando el *Ciudad
de Escanaba* llegó a St. Ignace, estaba saliendo el sol. Ahora estaban en la península Superior de Míchigan, y tenían por delante
dos semanas enteras para explorarla.

El viaje comenzaba bien. Vieron las cascadas Tahquame-
non y recorrieron en coche la orilla del lago Superior. Vieron
las Pictured Rocks y se tomaron fotos. Condujeron a través de
ondulados mares de pinos y se detuvieron a admirar los arroyos, que fluían rojos de la cantidad de hierro que contenían
sus aguas. Visitaron ciudades con nombres rarísimos, como
Ishpeming, y Germfask y Ontonagon. Por las noches se alojaban en habitaciones que algunos particulares alquilaban para
los turistas. La señora Zimmermann detestaba los nuevos

moteles que afloraban por todas partes como setas, pero aquellas habitaciones le encantaban. Antiguas casitas blancas en callejuelas sombrías, casas con porches cubiertos, contraventanas verdes y enrejados en los que crecían malvarrosas y campanillas. La señora Zimmermann y Rose Rita se dirigían a una de aquellas casitas para pasar la noche y se sentaban en el porche para jugar ajedrez o a las cartas y bebían té helado mientras afuera cantaban las chicharras. A veces la habitación de Rose Rita tenía radio. Si la había, escuchaba la retransmisión del partido de los Detroit Tigers hasta que le entraba sueño. Y, por la mañana, desayuno en una cafetería o un restaurante, y de vuelta a la carretera.

El cuarto día de su viaje, sucedió algo extraño.

Era casi de noche. Rose Rita y la señora Zimmermann estaban recorriendo la avenida principal de una pequeña ciudad. El sol se estaba poniendo al fondo de la calle, y una cálida luz anaranjada lo bañaba todo. Ya habían cenado y estaban estirando las piernas tras un largo día de viaje. Rose Rita estaba lista para volver a la casita en la que se alojaban, pero la señora Zimmermann se detuvo a mirar el escaparate de una tienda de segunda mano. Le encantaba rebuscar en aquel tipo de tiendas. Podía pasarse horas revolviendo entre toda clase de tonterías, y a veces había que llevársela de allí prácticamente a rastras.

Cuando se acercó al escaparate, la señora Zimmermann se dio cuenta de que la tienda estaba abierta. Eran las nueve de la noche, pero los dueños de aquellos negocios a veces tenían horarios raros. Entró, y Rose Rita la siguió. Había sillas viejas con el tapiz de terciopelo ajado, y estanterías con unos cuantos libros aún en sus baldas, y viejas mesas de comedor con todo tipo de chatarra desperdigada sobre su superficie. La señora Zimmermann se detuvo frente a una de aquellas mesas. Cogió un salero y un pimentero con forma de guante y pelota de beisbol. La pelota era el salero.

—¿Te gustaría esto para tu habitación, Rose Rita? —preguntó, riendo.

Rose Rita respondió que le encantaría. Le gustaba cualquier cosa relacionada con el beisbol.

—Vaya, señora Zimmermann, me encantaría para mi pupitre. Me parece muy lindo.

—De acuerdo —respondió la anciana, aún riendo. Pagó al dueño veinticinco centavos por el conjunto y siguió rebuscando. Junto a un cuenco polvoriento lleno de botones de madreperla había un montón de fotografías antiguas. Estaban impresas en cartón grueso, y por la ropa que vestía la gente que aparecía en ellas, debían de ser bastante viejas. La señora Zimmermann ojeó el montón, tarareando. De repente, reprimió un grito.

Rose Rita, que estaba a su lado, volteó a verla. La señora Zimmermann tenía el rostro pálido, y la mano con la que sostenía la fotografía le temblaba.

—¿Qué pasa, señora Zimmermann?

—Ven…, acércate, Rose Rita, y mira esto.

Rose Rita se acercó a la señora Zimmermann y miró la fotografía que sujetaba. Mostraba a una mujer con un vestido anticuado que le llegaba hasta los pies. Estaba a orillas de un río, y tenía en las manos un remo de canoa. La canoa estaba tras ella, sobre la ribera. Había un hombre vestido con un saco a rayas sentado junto a la embarcación con las piernas cruzadas. Tenía un bigote imperial, y estaba tocando el banjo. Parecía atractivo, pero era imposible saber qué aspecto tenía la mujer, porque alguien le había raspado el rostro con un cuchillo o una navaja de afeitar.

Rose Rita seguía sin saber qué era lo que tanto inquietaba a la señora Zimmermann. Pero allí de pie, mientras se lo preguntaba, la anciana le dio la vuelta a la foto. En el reverso se leían estas palabras: «Florence y Mordecai. Verano de 1905».

—¡Dios mío! —exclamó Rose Rita—. ¿Es una foto suya?

La señora Zimmermann asintió.

—Lo es. O lo era, más bien, hasta que alguien... le hizo esto —tragó saliva.

—¿Cómo diantres llegó aquí una foto suya, señora Zimmermann? ¿Solía vivir aquí?

—No, qué va. En mi vida había estado en esta ciudad. Todo esto es... Bueno, es todo muy extraño.

A la señora Zimmermann le temblaba la voz. Para Rose Rita era evidente lo alterada que estaba. Era de ese tipo de personas que suelen aparentar que lo tienen todo bajo control. Era una mujer calmada y sensata. Así que, cuando se alteraba, era por un buen motivo.

La señora Zimmermann le compró la fotografía al anciano dueño de la tienda y se la llevó consigo a la casa donde tenían alquilada la habitación. Por el camino le explicó a Rose Rita que las brujas y los hechiceros solían hacerle aquello a las fotos cuando querían librarse de alguien. A veces dejaban agua goteando sobre ella hasta que el rostro se desvanecía, aunque también podían arañarlo con un cuchillo. Fuera por el método que fuera, era el equivalente de hacer un muñeco de cera y clavarle alfileres. Era el modo de asesinar a alguien con magia.

A Rose Rita se le pusieron los ojos como platos.

—O sea, ¿que alguien está intentando hacerle daño?

A la señora Zimmermann se le escapó una risita nerviosa.

—No, no. No me refería a eso, en absoluto. Todo este asunto de encontrar una foto mía aquí y verla tan... perjudicada, bueno, es una extraña coincidencia. Pero cuando jugueteas con la magia como yo lo hago, bueno, a veces se te meten ideas extrañas en la cabeza. O sea, me refiero a que a veces hay que ser precavido.

Rose Rita parpadeó.

—No entiendo a qué se refiere.

—Me refiero a que voy a quemar la foto —espetó la señora Zimmermann—. Y ahora, preferiría no seguir hablando de ella, si no te importa.

Aquella misma noche, más tarde, Rose Rita estaba en la cama, intentando conciliar el sueño. La señora Zimmermann

estaba en la sala de invitados leyendo, o al menos eso es lo que
se suponía que debía estar haciendo. Rose Rita tuvo una corazonada que la hizo levantarse y asomarse a la ventana. Recordó
haber visto una incineradora en el jardín trasero. Y, por supuesto, allí estaba la señora Zimmermann, de pie junto a ella. Algo ardía con un leve resplandor rojizo en el fondo de la jaula.
La señora Zimmermann estaba encorvada sobre ella, contem-
plándolo. La luz rojiza titilaba sobre su rostro. Rose Rita tuvo
miedo. Volvió a la cama e intentó dormir, pero la imagen de la
señora Zimmermann allí junto al fuego, como una bruja de un
cuento antiguo, se le aparecía una y otra vez.

¿Qué estaba pasando?

CAPÍTULO CUATRO

A la mañana siguiente, durante el desayuno, Rose Rita intentó que la señora Zimmermann le contara más sobre la fotografía, pero la mujer le pidió, muy educadamente, que se ocupara de sus propios asuntos. Aquello, por supuesto, le hizo sentir incluso más curiosidad que antes, pero la curiosidad no la estaba llevando a ninguna parte. El misterio tendría que seguir siéndolo, por el momento, al menos.

Unos cuantos días después, Rose Rita y la señora Zimmermann visitaron una ciudad cerca de la frontera con Wisconsin. Habían vuelto a reservar una habitación para turistas en una casa particular. Rose Rita fue a enviar un par de postales y, de regreso, pasó por casualidad por el gimnasio de una secundaria, donde el baile del sábado por la noche estaba en su máximo apogeo. Aquella noche hacía calor, y las puertas del gimnasio estaban abiertas. Rose Rita se detuvo un momento en la puerta y miró a los jóvenes que se mecían lentamente por la pista de baile. Una enorme bola cubierta con cristalitos de espejo giraba sobre sí misma en el techo, proyectando moneditas de luz sobre los bailarines. La estancia estaba tenuemente iluminada con luces rojas y azules. Rose Rita se quedó a contemplar la escena. En realidad era hermosa, y se descubrió pensando que, tal vez, asistir a uno de aquellos bailes podría ser divertido. Pero entonces miró hacia la pared y vio que en los laterales del gimnasio había unas cuantas chicas. Con ellas no bailaba nadie. Simplemente estaban allí, observando. No parecía que se la estuvieran pasando demasiado bien.

Una oleada de tristeza la invadió. Notó que le escocían los ojos, rebosantes de lágrimas. ¿El curso siguiente entraría a formar parte de la banda de las marginadas? Subirse en un tren rumbo a California y dedicarse a vagabundear por las calles le parecía mejor idea. ¿Las chicas podían ser vagabundas? Ahora que lo pensaba, nunca había oído de una mujer que lo fuera.

¡Qué malísima pata tenían las chicas, diablos! Ni siquiera podían ser mendigas, si eso era lo que querían.

Rose Rita se pasó todo el camino de regreso enojada. Subió los escalones de la casa de huéspedes dando pisotones y cerró la mosquitera a su espalda de un portazo. La señora Zimmermann estaba sentada en el porche, jugando solitario. En cuanto vio a Rose Rita, supo que le pasaba algo.

—¿Qué pasa, cielo? ¿La vida te supera, ahora mismo?

—Sí —respondió Rose Rita, malhumorada—. ¿Puedo sentarme y hablar con usted?

—Claro —dijo la señora Zimmermann mientras recogía las cartas en un montón—. El juego estaba resultando muy aburrido, de todas maneras. ¿Qué te preocupa?

Rose Rita se sentó en el columpio, se meció de atrás para adelante un rato y luego dijo bruscamente:

—Si sigo siendo amiga de Lewis, ¿tendré que salir con él, ser su pareja en los bailes y esas cosas?

La señora Zimmermann parecía un tanto sorprendida. Se quedó un minuto con la mirada perdida, pensando.

—No —dijo despacio, mientras la niña se mecía de atrás para adelante en el columpio—. No, no veo por qué tendrías que hacerlo. No, si no quieres, al menos. A ti te gusta Lewis como amigo, no porque se haya presentado en la puerta de tu casa con un ramo de flores en la mano. Creo que las cosas probablemente deberían seguir así.

—Vaya, ¡es usted genial, señora Zimmermann! —dijo Rose Rita, sonriendo—. Ojalá pudiera hablar con mi mamá. Ella cree que Lewis y yo nos casaremos el año que viene, o algo así.

La señora Zimmermann compuso una expresión de amargura.

—Que yo hablara con tu mamá sólo empeoraría las cosas, en lugar de mejorarlas —respondió, y comenzó a repartir otra mano del solitario—. A tu mamá no le haría demasiada gracia que empezara a inmiscuirme en sus asuntos familiares. Además, tal vez esté en lo cierto. En el noventa y ocho por ciento de los casos, una amistad como la que Lewis y tú tienen, o bien se rompe, o bien se convierte en una pareja de novios. El año que viene, Lewis y tú tal vez descubrirán que van por caminos separados.

—Pero yo no quiero que pase eso —replicó Rose Rita, testaruda—. Me cae bien Lewis. Me cae genial. Yo sólo quiero que las cosas sigan como están.

—Ah, ¡pero ese es precisamente el problema! —dijo la señora Zimmermann—. Las cosas nunca siguen como están.

Cambian constantemente. Tú estás cambiando, y Lewis también. ¿Quién sabe lo que pensarán de aquí a seis meses, o de aquí a un año?

Rose Rita lo pensó un poco.

—Sí —reconoció, por fin—, pero ¿y si Lewis y yo decidiéramos ser amigos el resto de nuestras vidas? ¿Y si no llego a casarme nunca, jamás? ¿La gente pensará de mí que soy una solterona?

La señora Zimmermann cogió las cartas y empezó a barajarlas muy despacio.

—Bueno —dijo, pensativamente—, hay quien diría que yo llevo unos años llevando vida de solterona. Desde que mi marido murió, al menos. La mayoría de las mujeres se habría vuelto a casar cuanto antes, pero cuando Honus murió, decidí probar la soltería, la viudez, llámalo como quieras..., un tiempo. Y, ¿sabes qué?, tampoco está tan mal. Por supuesto, tener amigos como Jonathan ayuda. Pero a lo que voy es que no hay una manera mejor que otra de hacer las cosas. Yo fui una esposa feliz, y también soy feliz siendo viuda. Así que prueba varias cosas. Decide cuál te gusta más. Hay gente, por supuesto, que sólo es capaz de hacer una sola cosa, que sólo sabe comportarse de una manera particular en un tipo concreto de situación. Pero yo personalmente creo que esa clase de personas son bastante tristes, y no me gustaría pensar que tú eres una de ellas.

La señora Zimmermann calló y miró al vacío. Rose Rita se quedó allí sentada, con la boca abierta, esperando que añadiera algo más. Pero no lo hizo. Y cuando la señora Zimmermann volteó y percibió el nerviosismo con el que Rose Rita la miraba, rio.

—El sermón ya terminó —sonrió—. Y si crees que te voy a dar la receta definitiva para vivir tu vida, estás loca. Vamos, ¿qué te parece si nos echamos una partidita o dos de *cribbage* antes de irnos a dormir? ¿Quieres?

—En eso le atinó —dijo Rose Rita, sonriendo.

La señora Zimmermann sacó su tablero de *cribbage*, y Rose Rita y ella jugaron hasta que fue hora de irse a la cama. Luego subieron al piso de arriba. Como siempre, se alojaban en habitaciones contiguas, una para Rose Rita y otra para la señora Zimmermann. Rose Rita se lavó la cara y se cepilló los dientes. Se acostó en la cama y, antes casi de apoyar la cabeza en la almohada, ya estaba dormida.

Esa misma noche, más tarde, alrededor de las dos de la madrugada, Rose Rita se despertó. Lo hizo con la sensación de que pasaba algo malo. Muy malo. Pero cuando se sentó en la cama y miró a su alrededor, el dormitorio parecía completamente en paz. El reflejo de la luna flotaba en el espejo sobre el escritorio, y la farola de la calle proyectaba un enigmático mapa de blancos y negros sobre la puerta del armario. La ropa de Rose Rita estaba cuidadosamente doblada y apilada en la silla que había junto a su cama. ¿Qué pasaba, entonces?

Bueno, algo estaba pasando. Rose Rita lo presentía. Se notaba tensa y alerta, y oía que el corazón le latía con fuerza. Retiró la sábana despacito y salió de la cama. Tardó varios minutos, pero finalmente reunió el valor suficiente para acercarse al armario y abrir la puerta de un tirón. Las perchas tintineaban enloquecidas. Se le escapó un chillido nervioso y retrocedió de un salto. En el armario no había nadie.

Rose Rita suspiró, aliviada. Ahora estaba empezando a sentirse ridícula. Se estaba comportando como una de esas ancianitas que miran todas las noches debajo del colchón antes de apagar las luces. Pero cuando estaba a punto de volver a meterse en la cama, Rose Rita escuchó un ruido. Procedía de la habitación de al lado y, cuando lo oyó, el miedo volvió a apoderarse inmediatamente de ella. «Ay, vamos —se susurró—. ¡No seas tan miedosa!». Pero no podía meterse en la cama sin más. Tenía que mirar.

La puerta entre la habitación de la señora Zimmermann y la de Rose Rita estaba entornada. Rose Rita avanzó lentamente hacia ella y apoyó la mano en la manija. La empujó, y la hoja se deslizó suavemente hacia dentro. Rose Rita se quedó paralizada. Había alguien de pie junto a la cama de la señora Zimmermann. Durante un segundo eterno, Rose Rita lo contempló sorprendida, con el cuerpo rígido de puro terror. De repente, gritó con fuerza y entró en la habitación. La puerta se estrelló contra la pared, y, sin saber muy bien cómo, la mano de Rose Rita encontró el interruptor. El foco del techo se encendió con un fogonazo y la señora Zimmermann se incorporó en la cama, parpadeando desconcertada. Pero junto a la cama no había nadie.

Nadie en absoluto.

CAPÍTULO CINCO

La señora Zimmermann se frotó los ojos. Las sábanas arrugadas se arremolinaban a su alrededor y, al pie de la cama, con expresión aturdida, estaba Rose Rita.

—¡Santo cielo, Rose Rita! —exclamó la señora Zimmermann—. ¿Esto es algún tipo de broma nueva? ¿Qué diantres estás haciendo aquí?

A Rose Rita le daba vueltas la cabeza. Empezó a dudar si tal vez la estuviera perdiendo. Estaba convencida, absolutamente convencida, de que había visto a alguien moviéndose junto a la cabecera de la cama de la señora Zimmermann.

—¡Vaya, lo siento, señora Zimmermann! —se disculpó—. ¡Lo siento de corazón, de verdad que sí! Tenía la sensación de haber visto a alguien aquí.

La señora Zimmermann ladeó la cabeza y enarcó la comisura de la boca.

—Cielo —dijo fríamente—, has leído demasiadas novelas de Nancy Drew. Probablemente hayas visto la silueta de mi vestido en la silla. La ventana está abierta, y seguramente la brisa lo haya agitado. Ahora, vuelve a la cama, ¡por amor del cielo! Las dos necesitamos un poco más de sueño si pretendemos seguir recorriendo la península Superior mañana.

Rose Rita clavó los ojos en la silla que había junto a la cama de la señora Zimmermann. Un vestido morado colgaba inerte del respaldo. Hacía una noche calurosa y tranquila. No soplaba ni una ligera brisa. A Rose Rita le costaba entender cómo podía haber confundido el vestido en la silla con alguien paseándose por la habitación. Pero, entonces, ¿qué había visto? No lo sabía. Casi tan alterada como avergonzada, Rose Rita retrocedió hacia la puerta.

—Bu-buenas noches, señora Zimmermann —balbuceó—. Si-siento mucho haberla despertado.

La señora Zimmermann le sonrió con ternura y se encogió de hombros.

—Está bien, Rosie. No pasó nada. De pequeña yo a veces también tenía pesadillas muy intensas. De hecho, recuerdo una en la que... Pero no te preocupes, ya te la contaré en algún otro momento. Ahora, buenas noches y que duermas bien.

—Eso haré —Rose Rita apagó la luz y volvió a su habitación. Se acostó en la cama, pero no se durmió. Colocó las manos detrás de la cabeza y clavó los ojos en el techo. Estaba preocupada. Primero lo de la fotografía, y ahora aquello. Algo pasaba. Algo estaba pasando, pero, por mucho empeño que le pusiera, no conseguía averiguar qué era. Y luego estaba todo aquel asunto del saqueo de la granja de Oley y la cajita del anillo vacía. ¿Tendría algún tipo de relación con lo que había pasado aquella noche? Rose Rita pensó y pensó, pero no se le ocurrió ninguna respuesta. Era como si apenas tuviera dos o tres piezas de un rompecabezas complicadísimo. Por sí solas, no tenían ningún sentido. Rose Rita supuso que la señora Zimmermann debía de estar tan preocupada como ella. De hecho, probablemente lo estuviera más, ya que al fin y al cabo todas aquellas extravagancias le estaban sucediendo a ella. Por supuesto, la señora Zimmermann jamás le demostraría su preocupación. Siempre estaba dispuesta a echar una mano a cualquiera que lo necesitara, pero se guardaba sus propios problemas para sus adentros, así era. Rose Rita se mordió el labio. Se sentía impotente. Y tenía el poderoso presentimiento de que estaba a punto de pasar algo muy malo. ¿Qué sería? Aquella era otra de las cosas que desconocía.

Al día siguiente, cuando empezaba a ponerse el sol, la señora Zimmermann y Rose Rita iban circulando por una carretera de grava muy tortuosa, a poco más de treinta kilómetros de la ciudad de Ironwood. Llevaban cerca de una hora conduciendo por allí, y ya estaban a punto de dar media vuelta. La señora Zimmermann había querido enseñarle a Rose Rita una mina de cobre abandonada que antiguamente perteneció a un amigo de su familia. Cada vez que tomaba una curva, estaba convencida de que sería lo primero que vería, pero la mina nunca llegó a aparecer, y la señora Zimmermann estaba empezando a perder la esperanza de encontrarla.

La carretera era terrorífica, no había otra manera de describirla. Bessie rebotaba y se meneaba tanto que Rose Rita sentía como si estuviera dentro de una batidora marca Mixmaster. De vez en cuando el coche brincaba sobre un bache, o un canto saltarín golpeaba los bajos, haciéndolos sonar como si fueran una campana envuelta en tela. Volvía a hacer calor. Rose Rita tenía la cara empapada de sudor y se le empañaban constantemente los lentes. Los tábanos entraban y salían zumbando por las ventanillas abiertas del coche. No cejaban en su empeño de picar a Rose Rita en los brazos, y ella los fue aplastando a manotazos hasta que los brazos le empezaron a escocer.

Llegado un momento, la señora Zimmermann pisó el freno, apagó el motor y dijo:

—¡Pues al diablo todo! Quería enseñarte la mina, pero debo de haberme equivocado de carretera. Será mejor que demos media vuelta si queremos... Ay, ¡ay, Dios!

La señora Zimmermann aferró el volante y se dobló sobre sí misma. Los nudillos asomaron, blanquísimos, bajo la piel, y el rostro se le contrajo de dolor. Se llevó las manos al estómago.

—¡Ay, Dios! —jadeó—. Yo... nunca... —puso una mueca dolorida y cerró los ojos. Cuando recuperó el habla, su voz era apenas un susurro—. ¿Rose Rita?

La chica estaba aterrorizada, sentada en el borde del asiento, contemplando a la señora Zimmermann.

—¿Sí, señora Zimmermann? ¿Qué..., qué ocurre? ¿Pasó algo? ¿Se encuentra usted bien?

La señora Zimmermann esbozó una débil sonrisa.

—No, no estoy bien —dijo con voz ronca—. Creo que tengo apendicitis.

—¡Ay, Dios mío!

Cuando Rose Rita estaba en cuarto, un chico de su clase murió de apendicitis. Sus padres pensaron que se trataba de un simple dolor de estómago hasta que fue demasiado tarde, porque le reventó el apéndice y murió. Rose Rita entró en pánico.

—¡Ay, Dios mío! —repitió—. Señora Zimmermann, ¿qué vamos a hacer?

—Tenemos que ir a un hospital cuanto antes —dijo la señora Zimmermann—. El único inconveniente es que... Ay, no, ¡no, por favor! —la anciana volvió a doblarse sobre sí misma, retorciéndose de dolor. Las lágrimas se le derramaban por las mejillas, y se mordió el labio con tanta fuerza que le empezó a sangrar—. El único inconveniente... —jadeó la señora Zimmermann cuando volvió a ser capaz de hablar—, el único inconveniente es que no creo que pueda manejar.

Rose Rita se sentó, completamente inmóvil, con la vista clavada en el tablero. Cuando habló, sus labios apenas se movieron.

—Creo que yo sí, señora Zimmermann.

La anciana cerró los ojos cuando una nueva oleada de dolor la recorrió.

—¿Qué..., qué dijiste?

—Que creo que podría manejar. Una vez me enseñaron.

Rose Rita no estaba siendo del todo fiel a la verdad. Hacía más o menos un año había ido a visitar a un primo suyo que vivía en una granja cerca de New Zebedee. Tenía catorce años, y sabía manejar el tractor. Rose Rita estuvo atosigándolo hasta que al final accedió a enseñarle a meter las velocidades y pisar el clutch. Hicieron prácticas con un coche destartalado que había en un terreno no muy lejos de la granja, y después de enseñarle lo básico, Rose Rita practicó sola hasta que memorizó todas las velocidades. Pero nunca había estado al volante de un coche en movimiento, ni siquiera de uno con el motor encendido.

La señora Zimmermann no respondió, pero le hizo un gesto para que saliera del coche. Cuando lo hubo hecho, se arrastró hacia el asiento que antes ocupaba la chica y se desplomó contra la puerta, agarrándose el vientre con las manos. Rose Rita rodeó el coche y entró por el lado del conductor. Cerró la puerta y se sentó, con los ojos clavados en el volante. Estaba asustada, pero una voz interior le dijo: «Vamos. Tienes que hacerlo. Ella no puede, se encuentra demasiado mal. Vamos, Rose Rita».

Se echó hacia delante hasta quedar sentada al borde del asiento. Lo habría elevado un poco, pero tenía miedo de lastimar a la señora Zimmermann. Afortunadamente, era alta para su edad, y el último año había crecido bastante. Tenía las piernas lo suficientemente largas como para llegar a los pedales. Rose Rita pisó el acelerador con muchísima precaución. ¿De verdad podría hacerlo? Bueno, al menos tendría que intentarlo.

La señora Zimmermann había dejado el coche en primera. Pero no se puede arrancar un coche en primera, tiene que estar en punto muerto. Al menos aquello era lo que Rose Rita le había oído decir a su primo. Pisó el clutch con mucho cuidado y movió la palanca para poner punto muerto. Giró la llave en el contacto y el coche arrancó inmediatamente. Ahora, con el pie derecho en el acelerador y el izquierdo en el clutch, empujó la palanca hacia delante y hacia abajo. Muy despacio, comenzó a levantar el pie del clutch, tal y como le habían enseñado. El coche dio una sacudida y el motor se apagó.

—Tienes... que pisar... el acelerador... —jadeó la señora Zimmermann—. Cuando levantes... el pie del clutch..., acelera.

—Okey —Rose Rita estaba tensa y temblorosa. Volvió a poner el coche en punto muerto y lo arrancó de nuevo. Esta vez, cuando levantó el pie del clutch, pisó con fuerza el acelerador. El coche dio un saltito hacia delante y se apagó de nuevo. Aparentemente, acelerar demasiado era igual de malo que hacerlo demasiado poco. Rose Rita volteó a preguntarle a la señora Zimmermann qué hacer ahora, pero la anciana se había desmayado. Estaba sola.

Rose Rita rechinó los dientes. Estaba empezando a enojarse.

—De acuerdo, intentémoslo otra vez —dijo en voz baja, aunque firme. Lo intentó de nuevo, y se le volvió a apagar el motor. Al siguiente intento, se le apagó otra vez. Pero al siguiente consiguió, no supo muy bien cómo, soltar el clutch y pisar el acelerador justo cuando había que hacerlo. El coche avanzó lentamente.

—¡Dale, Bessie! —gritó Rose Rita. Lo hizo tan alto que la señora Zimmermann abrió los ojos. Parpadeó y sonrió débilmente cuando vio que el coche avanzaba.

—¡Esa es mi Rosie! —susurró. Acto seguido se desplomó de lado y volvió a perder el conocimiento.

Rose Rita consiguió, de alguna manera, hacer girar el coche y dirigirse de vuelta a Ironwood. Ya era de noche, y tuvo que encender los faros. La carretera estaba completamente desierta: ni granjas ni casas a la vista. Rose Rita recordó que habían pasado junto a una choza en ruinas, pero no parecía demasiado probable que viviera nadie en ella. A menos que un coche pasara casualmente por allí, no conseguiría ayuda hasta que llegaran a la carretera de doble sentido que llevaba de regreso a Ironwood. Rose Rita tragó saliva. Si conseguía mantener el coche en marcha, tal vez todo saliera bien. Miró fugazmente de reojo a la señora Zimmermann. Seguía desplomada contra la puerta. Tenía los ojos cerrados, y de vez en cuando emitía un gemidito. Rose Rita apretó la mandíbula y siguió conduciendo.

Bessie avanzó, colina arriba y abajo, dejando atrás baches y rocas, saliendo y entrando de socavones. La tenue luz de sus faros se proyectaba frente a ella, abriendo la noche. Polillas y otros insectos aleteaban en los haces de luz. Rose Rita tenía la impresión de estar conduciendo por un túnel oscuro. La carretera estaba flanqueada a ambos lados por pinos negros. Daba la sensación de que estuvieran cada vez más cerca, haciéndola sentirse acorralada. Un búho ululaba en algún lugar del bosque. Rose Rita estaba sola y atemorizada. Quiso aumentar la velocidad para salir cuanto antes de aquel espantoso lugar, pero le daba miedo hacerlo. La carretera era tan accidentada que le asustaba acelerar. Manejar un coche tan grande y pesado era imponente. Cada vez que cruzaba un socavón, el volante viraba con violencia a derecha o a izquierda. Milagrosamente, sin embargo, Rose Rita consiguió enderezarlo todas y cada una de las veces. «Ay, por favor —rezaba—, sácanos de aquí, Bessie. Por favor, llévanos a la ciudad antes de que la señora Zimmermann se muera. Por favor».

Rose Rita no supo exactamente cuándo, pero tras un buen rato manejando por aquella carretera oscura y sinuosa, empezó a sentir que no estaban solas en el coche. No sabía por qué tenía aquella sensación, pero allí estaba, y era de lo más persistente. Miraba constantemente por el retrovisor, pero en ningún momento vio nada. Pasado un rato, la sensación comenzó a ser tan desquiciante que Rose Rita detuvo el coche. Lo puso en punto muerto, tiró del freno de mano y, mientras el vehículo vibraba, encendió la luz que tenía encima e inspeccionó el asiento de atrás con nerviosismo. Estaba vacío. Rose Rita apagó la luz, volvió a arrancar el coche y siguió manejando. Pero la sensación no cesaba, y tuvo que hacer un enorme esfuerzo para que los ojos no se le fueran solos al retrovisor. Estaba tomando una curva bastante pronunciada cuando alzó la vista por casualidad y, reflejados en el espejo, vio la sombra de una cabeza y dos ojos centelleantes.

Rose Rita gritó y giró el volante bruscamente a la izquierda. Con un chirrido de neumáticos, Bessie se salió de la carretera y cayó por una escarpada ladera. El coche rebotó y se agitó con violencia, y el cuerpo inerte de la señora Zimmermann se estrelló primero contra la puerta para luego deslizarse por el asiento hasta chocar contra Rose Rita. La chica, presa del pánico, aferró el volante e intentó desesperadamente pisar el freno, pero no conseguía que su pie lo alcanzara. Se lanzaron de cabeza a la oscuridad. Entonces se escuchó un potente silbido, un crujido procedente del exterior del coche y un olor extraño. En la mente febril y aturullada de Rose Rita brotó una pregunta: «¿Qué es ese olor?». El crujido y el silbido se intensificaron, y Rose Rita consiguió apoyar el pie en el freno. Su cuerpo salió despedido hacia delante y su cabeza se estrelló contra el parabrisas. Perdió el conocimiento.

CAPÍTULO SEIS

Rose Rita soñó que estaba agarrada a un trozo de madera que flotaba en el mar. Alguien le preguntaba: «¿Estás bien? ¿Estás bien?». «Vaya pregunta más tonta», pensó Rose Rita. Entonces abrió los ojos y descubrió que estaba sentada al volante de Bessie. Junto al coche había un policía. Extendió el brazo a través de la ventanilla abierta y la tocó con delicadeza.

—¿Está usted bien, señorita?

Rose Rita sacudió la cabeza, aturdida. Se tocó la frente y notó el chichón inflamado.

—Sí, supongo que sí, salvo por este chichón. Yo... ¡Ay, Dios mío! ¿Qué pasó? Miró a su alrededor y vio que el coche estaba incrustado en una enorme mata de arbustos de enebro. ¡Enebro! ¡Así que a eso olía! La luz del sol se filtraba a través de las ventanillas polvorientas del coche. Y allí, en el asiento de al lado, estaba tumbada la señora Zimmermann. Estaba dormida. ¿O estaría acaso...?

Rose Rita extendió el brazo y comenzó a zarandearla por el hombro.

—¡Despierte, señora Zimmermann! —sollozó—. ¡Ay, por favor! ¡Despierte, despierte...!

Rose Rita notó la firme mano del policía en su brazo.

—Será mejor que no haga eso, señorita. No sabe si tiene algún hueso roto o no. Llamamos una ambulancia, y la examinarán antes de intentar moverla. ¿Qué pasó? ¿Se durmió usted al volante?

Rose Rita negó con la cabeza.

—Estaba intentando llevar a la señora Zimmermann, que enfermó de repente, en coche al hospital. Me asusté y me salí de la carretera. Sólo tengo trece años y no tengo licencia. ¿Me van a meter a la cárcel?

El policía le sonrió a la niña con tristeza.

—No, señorita. Esta vez no, al menos. Pero creo que no fue muy buena idea que intentara manejar, incluso tratándose de una emergencia. Podría haberse matado. De hecho, de no ser por la presencia de estos matorrales, lo habría hecho. Y su amiga aquí presente también. Pero respira con normalidad. Lo comprobé hace un minuto. Ahora lo que tenemos que hacer es quedarnos quietecitos hasta que llegue la ambulancia.

Poco después una gran ambulancia blanca con una cruz roja pintada en un lateral se estacionó en la carretera junto al coche de policía. De ella salieron dos hombres vestidos con uniformes blancos que se acercaron lentamente a la zanja. Traían consigo una camilla. Cuando llegaron al coche, la señora Zimmermann estaba volviendo en sí. Los dos hombres la examinaron, y tras asegurarse de que era seguro moverla, la sacaron del coche con delicadeza y la acostaron en la camilla. Subieron lentamente la colina con ella a cuestas. Cuando la tuvieron a buen recaudo en la ambulancia, volvieron por Rose Rita. Tenía unos cuantos moretones y estaba un tanto alterada, pero perfectamente, por lo demás. Subió la colina por sus propios medios y se metió en la parte trasera de la ambulancia con la señora Zimmermann. Y con la sirena encendida, se pusieron en camino hacia Ironwood.

La señora Zimmermann pasó los tres días siguientes hospitalizada en la ciudad. Aquellos misteriosos dolores no volvieron a manifestarse, y los médicos le dijeron que no podía tratarse de apendicitis, ya que no le dolía en esa parte del cuerpo. La señora Zimmermann se quedó confundida y asustada. De algún modo, era peor no saber qué había causado los dolores, y la sola idea de que pudieran regresar bastaba para ponerla nerviosa. Era como vivir con una bomba con un temporizador que podía activarse o no hacerlo.

Así que la señora Zimmermann, a pesar de lo mucho que le disgustaba la idea, guardó cama mientras los médicos del hospital mandaban hacerle una batería de pruebas. Las enfermeras la pincharon para extraerle sangre. Le dieron brebajes que sabían a rayos y dibujaron gráficas llenas de muescas. Le hicieron placas de rayos X y la expusieron, e incluso la introdujeron, en todo tipo de máquinas extrañísimas, como de ciencia ficción. Los médicos pasaban de vez en cuando a hablar con ella, pero nunca le proporcionaban la información que quería.

Mientras tanto, Rose Rita también se alojaba en el hospital. La señora Zimmermann les explicó a los médicos su situación y mostró la póliza de su aseguradora (que, por si acaso, siempre llevaba en el bolso), donde se especificaba claramente que tenía derecho a una habitación individual. La habitación tenía dos camas, y Rose Rita dormía en una de ellas. Jugaba a las cartas y al ajedrez con la señora Zimmermann y escuchaba la retransmisión nocturna de los partidos con ella por la radio. Resulta que los White Sox estaban jugando en Detroit, y la señora Zimmermann les iba a ellos porque había vivido una temporada en Chicago. Así que Rose Rita se divertía animando a los contrincantes, e incluso discutían un poquito, aunque nunca realmente en serio.

A veces, cuando estar sentada en la habitación del hospital se le hacía demasiado aburrido, Rose Rita salía y paseaba por Ironwood. Visitó la biblioteca, y fue a una sesión vespertina de cine un sábado. En otras ocasiones, se limitaba a explorar la ciudad. Se perdió un par de veces, pero la gente era muy simpática, y siempre conseguía encontrar la manera de regresar al hospital.

La tercera tarde en que la señora Zimmermann estuvo ingresada, Rose Rita pasó casualmente por un descampado en el que unos cuantos chicos jugaban un partidito de beisbol. Se estaban cansando de jugar, porque no eran suficientes para hacer varios equipos. Cuando vieron a Rose Rita, le preguntaron si quería unirse.

—¡Claro! —gritó Rose Rita—. Pero, me toque en el equipo que me toque, tienen que dejarme lanzar.

Los chicos estuvieron un minuto intercambiando miraditas, pero tras una apresurada deliberación, decidieron que podía lanzar, si quería. A Rose Rita le encantaba jugar beisbol, y lo que más le gustaba de todo era ser pícher. Era la única chica de su escuela que sabía lanzar bolas curvas. Sabía hacer lanzamientos engañosos, y tiros en falso, e incluso un lanzamiento de nudillos, aunque no le salía muy bien, porque es complicado sostener la pelota de sófbol con los nudillos. Su bola rápida solapada era célebre, tan célebre, de hecho, que tenían que convencerla de que la usara sólo con los peores bateadores para no eliminarlos a todos de un plumazo.

Así que Rose Rita terminó jugando beisbol con un montón de chicos que no conocía de nada. Anotó muchísimos puntos y atrapó varios bateos bajos sin guante siquiera. Lanzó, y lo hizo bastante bien hasta que eliminó a un muchachote fornido con el pelo cortado a cepillo. Se tenía por muy buen jugador, y no le gustó que lo hubiera eliminado una chica, así que empezó a molestar a Rose Rita. Hizo todo lo que se le ocurrió: se pasó todo el partido llamándola cuatro ojos y, cuando al equipo de Rose Rita le tocaba recibir la pelota, él se salía de su recorrido para pasar junto a ella, darle un buen empujón y decirle «¡uy, perdóneme, dama!» en un tono desagradable y malintencionado. Al final, cuando el partido casi estaba acabando, Rose Rita bateó una bola con la que aparentemente iba a poder recorrer tres bases. Pero cuando se lanzó por la tercera de cabeza, se encontró allí al fortachón del pelo a cepillo, con la bola en la mano. Podría haberla marcado tocándole el hombro, el brazo o la espalda, pero se la estampó de lleno en la boca. Le dolió mucho. El partido se detuvo mientras Rose Rita se recuperaba. Se tocó los dientes para comprobar que no se le movieran y se frotó el labio de arriba, bastante hinchado. Tuvo ganas de llorar, pero las reprimió. Minutos más tarde, estaba jugando otra vez.

A la novena vuelta, cuando el imbécil del pelo a cepillo se puso de pícher, Rose Rita bateó tan fuerte que pudo hacer un jonrón, y ganó el partido para su equipo. Cuando llegó a la última base, todos sus compañeros la rodearon y gritaron «¡Viva

Rose Rita!» tres veces. Aquello la hizo sentir genial. Pero entonces se dio cuenta de que el chico que la había estado insultando seguía en el montículo del pícher, fulminándola con la mirada.

—¡Oye, cuatro ojos! —le gritó—. Te crees muy buena, ¿verdad?

—Me lo creo porque lo soy —respondió ella, también gritando—. ¿Qué pasa, te molesta?

—La verdad es que no. Oye, cuatro ojos, ¿y cuánto sabes de beisbol, eh?

—Bastante más que tú —espetó Rose Rita.

—¿Ah, sí? Demuéstralo.

—¿Y cómo quieres que te lo demuestre?

—A ver, hagamos una competencia para ver cuál de los dos sabe más sobre beisbol, ¿okey? ¿Te atreves? ¿O eres una gallina? Co-co-co-co-co-co-co —el chico dobló los codos como si fueran alas e hizo una imitación bastante penosa de una gallina.

Rose Rita sonrió. Era una oportunidad demasiado buena como para desaprovecharla. Resulta que Rose Rita era una verdadera experta en beisbol. Conocía todo tipo de datos curiosos acerca de aquel deporte, como la media de bateos de Ty

Cobb y el número de *tripleplays* sin asistencia de los que se tenía registro. Hasta sabía cuál era el mayor récord de Smead Jolley: cuatro errores en una sola bola. Así que supuso que no le costaría darle a aquel chico sabihondo una paliza en aquella competencia sobre datos de beisbol y quedar a mano con él por lo del labio hinchado.

Todo el mundo los rodeó para presenciar la competencia. Eligieron a uno de los chicos, un chico rubio de ojos llorosos que gangueaba al hablar, para que hiciera las preguntas. Al principio el combate fue duro. Resultó que el imbécil sabía bastante sobre beisbol. Sabía quiénes eran los reyes de las eliminaciones, y quién había sido el último jugador en ganar treinta partidos en las ligas mayores, y muchas otras cosas. Pero Rose Rita sabía las mismas cosas que él, así que el combate se tornó en una tensa lucha que duró bastante, en la que ninguno de los dos conquistó un solo centímetro de terreno al otro. Al final ganó Rose Rita, porque sabía que Bill Wambsganss, de los Cleveland Indians, era el único jugador que había conseguido hacer un *tripleplay* sin asistencia durante un partido de las World Series. La pregunta le tocaba al imbécil, pero no se sabía la respuesta. En el rebote, Rose Rita la contestó inmediatamente y sin dudar. Varios chicos gritaron: «¡Viva Rose Rita!», y uno incluso corrió a estrecharle la mano.

Al imbécil se le puso la cara como un tomate. Dedicó a Rose Rita una mirada de odio. Si antes estaba enojado, en ese momento estaba directamente furioso.

—Te crees muy lista, ¿verdad? —gruñó.

—Sí —respondió ella alegremente.

El imbécil puso los brazos en la cintura y la miró a los ojos.

—Bueno, ¿pues quieres saber qué pienso? Creo que eres una chica muy rarita, eso es lo que pienso. Una chica con-de-na-da-men-te rarita.

Era una apreciación bastante estúpida, pero a Rose Rita le dolió. Le dolió como un bofetón. Para asombro de todos, rompió a llorar y salió corriendo del descampado. «Eres una chica muy rarita». No era la primera vez que le decían aquello, y lo peor es que ella misma lo había pensado. Se preguntaba bastante a menudo si tendría algo roto. Se comportaba como un chico, pero era una chica. Su mejor amigo era un chico, pero casi todas las chicas tenían amigas de su mismo sexo. No quería salir con chicos, aunque algunas de las chicas que conocía ya habían empezado a hacerlo y le decían lo divertido que era. Una chica muy rarita. Rose Rita no conseguía sacarse aquella frase de la cabeza.

Rose Rita se detuvo en el cruce entre dos calles. Sacó su pañuelo, se enjugó los ojos y luego se sonó la nariz. Por cómo la miraba la gente por la calle, supuso que debía de tener una pinta terrible. Sentía la cara caliente y sonrojada. Ahora estaba enojada consigo misma, enojada porque había dejado que ese chico estúpido la sacara de sus casillas. Mientras caminaba, se dijo que tenía muchas cosas por las que alegrarse: prácticamente había ganado el partido ella sola para su equipo y también la competencia sobre datos de beisbol, a pesar de lo que había pasado después. Empezó a silbar, y tras dos o tres cuadras silbando, comenzó a sentirse mejor. Decidió volver al hospital, sólo para ver cómo iban por allí las cosas.

Cuando Rose Rita entró en la habitación de la señora Zimmermann, se topó con una discusión. La anciana estaba sentada en la cama, y se estaba desfogando con un joven médico de aspecto preocupado.

—Pero, señora Zimmermann —imploraba el médico—, ¡está poniendo su vida en un terrible riesgo! Si tuviéramos un día o dos más, podríamos averiguar...

La señora Zimmermann lo interrumpió sin miramientos.

—¡Sí, claro! Si me quedara aquí un año, muy quietecita en la cama, me saldrían llagas, y por fin sabrían cómo tratarme, ¿verdad? Bueno, pues lo siento, porque ya perdí suficiente tiempo. Mañana por la mañana, Rose Rita y yo volvemos a la carretera. No son más que un manojo de matasanos, como la mayoría de los médicos.

—Bueno, señora Zimmermann, siento que piense así. Hemos hecho todo lo posible por ser amables con usted, y también por averiguar el origen de sus dolencias. Que los resultados de todas las pruebas hayan sido negativos no quiere decir que...

El médico siguió con su discurso, y la señora Zimmermann volvió a la carga. Rose Rita se sentó en un sillón y se escondió tras una copia de una revista femenina. Esperaba con todas sus fuerzas que no se percataran de su presencia. La discusión se prolongó un buen rato: el médico suplicaba y la señora Zimmermann tuvo el comportamiento más insultante y maleducado que Rose Rita le había conocido nunca. Al final ganó ella, y el médico accedió a que se marchara al día siguiente por la mañana, si eso era lo que quería.

La señora Zimmermann contempló al médico recoger el portafolio, el estetoscopio y el maletín en el que llevaba las medicinas. Cuando cerró la puerta tras de sí, levantó una mano y le hizo un gesto a Rose Rita para que se acercara a la cama.

—Rose Rita —le dijo—, estamos en un buen lío.

—¿Eh?

—Dije que estamos en un buen lío. Mandé mi vestido a la tintorería. ¿Sabes cuál? El que llevaba el día que me atacaron esos dolores. El mismo que colgaba del respaldo de la silla, junto a mi cama, la noche que creíste ver a alguien en mi habitación. ¿Te acuerdas?

Rose Rita asintió.

—Bueno, pues me lo devolvieron hoy, y mira con lo que venía —la señora Zimmermann abrió un cajón en la mesita que había junto a su cama. Sacó un sobrecito manila y lo agitó para verter su contenido en la mano de Rose Rita. La chica bajó la vista y vio un seguro dorado y una tirita de papel.

En el papel había algo escrito con tinta roja, pero no pudo leerlo.

—¿Qué es?

—Es un encantamiento. Los empleados de la tintorería lo encontraron clavado a mi vestido. No te preocupes, a ti no puede hacerte daño. Estas cosas sólo pueden amañarse para que afecten a una sola persona.

—Está diciendo que...

—Sí, cielo. Que esta tirita de papel me provocó los dolores de la otra noche —la señora Zimmermann rio siniestramente—. Me pregunto qué diría ese medicucho sabelotodo si le contara esto. Por cierto, siento haber sido tan desagradable con él, pero no me quedaba más remedio si quería que nos dejara ir.

Rose Rita estaba asustada. Dejó la tirita de papel en la mesa y se alejó.

—Señora Zimmermann —le preguntó—, ¿qué vamos a hacer?

—No lo sé, Rose Rita. No tengo ni idea. Alguien quiere hacerme daño, eso es lo único que tengo claro. Pero quién o por qué, eso se me escapa. Tengo alguna idea de quién puede tratarse, pero preferiría no compartirla contigo, si no te importa. Te lo estoy contando porque no quiero que te sientas culpable por haberte salido de la carretera la otra noche. Tenías todo el derecho a estar asustada. Eso que viste en el asiento trasero, eso..., bueno, no te lo imaginaste. Era real.

Rose Rita se estremeció.

—¿Qué..., qué era?

—Preferiría no decir más por ahora —respondió la señora Zimmermann—, pero sí te diré una cosa. Hay que volver a casa, y tenemos que hacerlo cuanto antes. Necesito tener a la mano mi copia del *Malleus Maleficarum*.

—¿Del qué?

—Del *Malleus Maleficarum*. Es un libro que escribió hace mucho tiempo un monje. El título significa *El martillo de las brujas*. Es decir, ese libro es un arma para combatir los ataques de los que juguetean con la magia negra. Contiene unos cuantos hechizos que podrían serme útiles. Debería haberlos memorizado en su día, pero no lo hice. Así que necesito ese libro, y no es el típico libro que se encuentra en una acogedora biblioteca pública. Mañana a primera hora nos pondremos en camino a casa, y creo que tenía que explicarte por qué. No quiero asustarte, pero supuse que eso es precisamente lo que pasaría si mantenía el misterio.

Rose Rita señaló la tirita de papel.

—¿Qué va a hacer con eso?

—Mira —la señora Zimmermann sacó una cajita de cerillos del cajón de la mesita de noche. Colocó el papel en un cenicero y lo encendió. Mientras ardía, hizo la señal de la cruz sobre el cenicero y murmuró una oración en un idioma extraño.

Rose Rita contempló la escena, fascinada. Estaba asustada, pero también emocionada, como si acabaran de sacarla de su aburridísima vida para ponerla en mitad de una aventura.

Aquella noche, Rose Rita ayudó a la señora Zimmermann a hacer la maleta. Ella también recogió sus cosas. La señora Zimmermann le dijo que Bessie estaba en el estacionamiento que había detrás del hospital. Un remolque la había sacado de los matorrales de enebro, y los mecánicos de un taller de la zona la habían reparado. Tenía el tanque lleno de gasolina, le habían cambiado el aceite y estaba perfectamente engrasada y lista para el viaje. Una enfermera le trajo a la señora Zimmermann unos cuantos papeles para que los firmara. El médico vino a verla una última vez y dijo (bastante fríamente) que esperaba que tuvieran buen viaje de vuelta. Todo estaba en orden. Rose Rita y la señora Zimmermann se acostaron e intentaron dormir un poco.

Cuando se metió en la cama, Rose Rita estaba demasiado alterada como para dormirse, pero hacia la medianoche lo consiguió. Entonces, antes de ser consciente de lo que estaba pasando, volvía a estar despierta. La señora Zimmermann estaba junto a su cama, zarandeándola y apuntándole con una linterna a los ojos.

—¡Vamos, Rose Rita! ¡Despierta! —siseó la señora Zimmermann—. ¡Tenemos que irnos! ¡Ahora!

Rose Rita sacudió la cabeza y se frotó los ojos. Buscó los lentes a tientas y se los puso.

—¿Qué..., qué pasa?

—¡Dije que te levantes! Vamos a la granja. Ahora. ¡Tenemos que irnos!

Rose Rita estaba completamente desconcertada.

—¿La granja? Pero usted dijo...

—Da igual lo que dijera. Vístete y sígueme. Volvemos a la granja por... algo que dejé allí. ¡Anda, vamos! ¡Ponte en marcha! —volvió a sacudir bruscamente a Rose Rita y a apuntarle a los ojos con la linterna. Nunca había visto comportarse así a la señora Zimmermann. Tenía la voz ronca y sus gestos eran bruscos, casi violentos. Era como si hubiera alguna otra persona escondida bajo su piel. Y todo aquel asunto de volver a la granja, en lugar de a casa, como habían planeado..., ¿qué significaba?

Mientras Rose Rita se vestía, la señora Zimmermann se quedó allí, tiesa y envarada, tras el cegador halo blanco de la linterna. Rose Rita no le veía la cara, y tampoco estaba segura de querer hacerlo. Cuando se hubo vestido, cogió la maleta y siguió a la señora Zimmermann. Caminaron de puntitas hasta la puerta, la abrieron un poquitito y se asomaron al largo y oscuro pasillo. Al fondo había una enfermera que dormitaba sentada tras un escritorio. Sobre ella, colgado en la pared, zumbaba un reloj eléctrico. El hospital entero parecía dormido.

—¡Bien! —dijo la señora Zimmermann, y la guio por el pasillo hasta unas escaleras.

Las escaleras llevaban al estacionamiento que había tras el hospital. Allí, bajo la luz de la luna, aguardaba Bessie, el Plymouth verde, mirando pacientemente al frente como siempre. Rose Rita metió el equipaje en la cajuela. La señora Zimmermann arrancó el coche y se pusieron en marcha.

Fue un viaje largo, caluroso y polvoriento. Cruzar la península Superior les llevó el día entero. Para Rose Rita fue una pesadilla. Viajar con la señora Zimmermann solía ser divertido. Reía, bromeaba y cantaba, y tenía una cuerda infinita para la charla. Si se le insistía lo suficiente, hasta hacía truquitos de magia, como hacer aparecer cerillos de la nada o gritarle a las malas hierbas que crecían en el arcén. Pero durante aquel viaje se mantuvo en completo silencio. Daba la sensación de estar maquinando algo que no pudiera contarle a Rose Rita. Y la señora Zimmermann estaba muy muy nerviosa. Miraba frenéticamente de un lado a otro, y a veces se alteraba tanto que se salía de la carretera. Rose Rita se pasó todo el viaje sentada muy tensa en su esquinita junto a la puerta, con las manos sudorosas a los costados. No sabía qué hacer ni qué decir.

El sol se ponía en los estrechos de Mackinac cuando Bessie accedió al estacionamiento del muelle del ferri que llevaba a St. Ignace. El barco acababa de zarpar, y la señora Zimmermann y Rose Rita tuvieron que esperar una hora entera a que llegara el siguiente. Lo hicieron en silencio: ninguna de las dos pronunció palabra en todo aquel tiempo. Rose Rita salió del coche y compró unos sándwiches. Fue idea suya: la señora Zimmermann no había hecho ninguna parada para comer. El barco llegó, por fin. Se llamaba *Bahía de Grand Traverse*. El cielo estaba oscuro y la luna ya flotaba sobre los estrechos cuando la señora Zimmermann condujo a Bessie hacia la rampa y la dejó en la oscura y cavernosa bodega del barco.

Cuando el coche estuvo estacionado y hubieron colocado los topes bajo las ruedas, Rose Rita se dispuso a salir, pero entonces se dio cuenta de que la señora Zimmermann seguía sentada, inmóvil, tras el volante.

—¿Señora Zimmermann? —preguntó, nerviosa—. ¿No va a subir?

La señora Zimmermann se sobresaltó levemente y sacudió la cabeza. Miró a Rose Rita como si fuera la primera vez que lo hacía.

—¿Subir? Ah..., sí. Sí, claro. Ahora mismo voy contigo —salió del coche y subió las escaleras que llevaban a la cubierta como una sonámbula.

La travesía debería haber sido hermosa. La luna brillaba, tiñendo de plata los muelles y las aguas ondeantes de los estrechos. Rose Rita intentó convencer a la señora Zimmermann de que la acompañara a dar una vuelta por la cubierta, pero no lo consiguió. Se sentó muy tiesa en un banco, con la vista clavada en los zapatos. Rose Rita estaba asustada. Aquello había dejado de ser una aventura. Deseó, deseó con todo su corazón, no haberse embarcado nunca en aquel viaje. Deseó estar de vuelta en su casa, en New Zebedee. Si estuvieran allí, tal vez el tío Jonathan, o el doctor Humphries, o alguien pudiera averiguar qué le pasaba a la señora Zimmermann y conseguir que volviera a comportarse como solía hacerlo. Rose Rita no se sentía capaz de ayudarla. Estaba completamente desvalida. Lo único que podía hacer era estar con ella. Hacerle compañía y esperar.

Aproximadamente una hora después, la señora Zimmermann y Rose Rita conducían por la carretera de gravilla que llevaba a la granja de Oley Gunderson. Pasaron junto a la tienda de Gert Bigger y vieron que estaba cerrada. Un foquito quitamiedos iluminaba el porche.

Rose Rita ya no aguantaba más.

—Señora Zimmermann —preguntó a borbotones—, ¿por qué estamos yendo a la granja? ¿De qué se trata todo esto?

En un primer momento, la señora Zimmermann calló. Luego dijo, en voz baja e inexpresiva:

—No lo sé. Tengo que hacer una cosa allí, pero no recuerdo qué.

Siguieron conduciendo. La gravilla chirriaba y repiqueteaba bajo los neumáticos, y, de vez en cuando, unas ramas largas, vencidas por el peso de las hojas, azotaban las puertas y el techo. Entonces empezó a llover. Gruesas gotas salpicaron el parabrisas, y Rose Rita oyó la sorda reverberación de un trueno. El destello de los rayos repercutía frente al coche. Ya habían llegado a la granja. Cuando entraron en el jardín, una potente luz iluminó la fachada del granero, revelando la penetrante mirada de las dos ventanas y el bostezo de la puerta. Era como la boca de un monstruo que se abriera para engullirlas.

Como afuera llovía, Rose Rita y la señora Zimmermann llegaron a la casa por el largo puente cubierto que la conectaba con el granero. Pero cuando abrieron la puerta y pulsaron el interruptor para prender las luces, ninguna se encendió. La señora Zimmermann había olvidado pagar el recibo atrasado de la luz de Oley, y habían cortado el suministro eléctrico después de su primera visita a la granja. Tras rebuscar en un cajón, la señora Zimmermann encontró una lámpara de keroseno. La encendió y la colocó en la mesa de la cocina. Rose Rita abrió la cesta de pícnic y se sentaron a comer los sándwiches que había comprado. Lo hicieron en silencio. Bajo la ahumada luz amarilla, el rostro de la señora Zimmermann tenía un aspecto avejentado y macilento. También parecía muy muy tensa, como si estuviera alerta, esperando que sucediera algo. Rose Rita lanzaba miraditas nerviosas por encima de su hombro. Más allá del cálido cerco de luz de la lámpara, la casa estaba completamente a oscuras. La escalera era un pozo de negrura. Rose Rita se dio cuenta, con una repentina náusea, de que tendría que subirlas para ir a la cama. No quería dormir. No quería pasar en la casa de Oley ni un solo minuto más. Quería meter a la señora Zimmermann en el coche y pedirle que volvieran a New Zebedee, aunque tuviera que manejar toda la noche. Pero Rose Rita no dijo nada. No se movió. Fuera cual fuera el hechizo del que estaba presa la señora Zimmermann, también había atrapado a Rose Rita. Se sentía completa y absolutamente impotente.

Afuera diluviaba. El porche de la casa tenía un tejadillo de hojalata y el ruido de la lluvia al caer era un tamborileo incesante. Al fin, con un enorme esfuerzo, Rose Rita apartó la silla de la mesa y se levantó.

—Creo que..., que deberíamos irnos a dormir, señora Zimmermann —dijo con voz ronca. Hablaba con un hilillo de voz que parecía proceder de lo más profundo de su ser.

—Ve yendo tú, Rose Rita. Yo prefiero quedarme aquí un rato sentada y... pensar —la señora Zimmermann habló con voz mecánica, acartonada e increíblemente cansada. Sonaba casi como si estuviera hablando en sueños.

Rose Rita se apartó, asustada. Agarró su maleta de viaje, sacó la linterna y se dirigió a las escaleras. Mientras subía los escalones, linterna en mano, su sombra y la de la barandilla se enredaban en una extraña danza en la pared junto a ella. A mitad de camino, Rose Rita se detuvo y miró abajo. La señora Zimmermann seguía allí, sentada en el cerco de luz amarilla de la lámpara. Tenía las manos plegadas sobre la mesa y la mirada perdida. Rose Rita tenía el presentimiento de que, si la llamaba, no obtendría respuesta alguna. Tragó saliva y siguió subiendo.

El dormitorio de la cama de nogal oscuro seguía exactamente igual que como Rose Rita lo había dejado. Comenzó a retirar la colcha, pero se detuvo antes de terminar. Se detuvo porque escuchó un ruido procedente del piso de abajo. Un único ruidito. Tap. El sonido del anillo de la señora Zimmermann. Acto seguido, el sonido se repitió, tres veces más. Tap, tap, tap. Era un ruido lento y mecánico, como el tictac de un reloj. Rose Rita se quedó inmóvil, linterna en mano. Escuchó el sonido y se preguntó qué significaría.

De repente, la puerta de la casa se cerró de un portazo.

Rose Rita dio un gritito y giró sobre sí misma. Salió del dormitorio como una exhalación y bajó las escaleras a la misma velocidad. En el rellano, frenó en seco. La mesa, con la

lámpara encendida, seguía allí. Allí estaba el bolso de la señora Zimmermann y su caja de puros. La puerta estaba abierta.
El viento la golpeaba suavemente.

Pero la señora Zimmermann había desaparecido.

CAPÍTULO SIETE

Rose Rita estaba en el porche de la granja. De una de sus manos pendía una linterna que derramaba un charquito de luz a sus pies. La lluvia le golpeaba los zapatos y los rayos iluminaban los árboles que la tormenta azotaba con violencia a ambos lados de la carretera. Los truenos retumbaban. Rose Rita estaba perpleja. Se sentía como si caminara sonámbula. La señora Zimmermann se había ido. Pero ¿adónde? ¿Y por qué? ¿Qué le había pasado?

Haciendo bocina con las manos alrededor de la boca, Rose Rita la llamó.

—¡Señora Zimmermann! ¡Señora Zimmermann!

Pero no obtuvo respuesta. Empezó a bajar los escalones lentamente, haciendo oscilar la linterna frente a sí. Al llegar al pie se detuvo y miró a su alrededor. Si la señora Zimmermann había salido por la puerta principal y bajado aquellos mismos peldaños, no debería ser complicado deducir qué camino había tomado después. El jardín estaba plagado de altas hierbas, y Rose Rita y la señora Zimmermann no lo habían pisado aquella noche, porque habían llegado a la casa por el puente cubierto. Entonces, mientras Rose Rita meneaba la linterna en derredor, descubrió un pedacito de hierba pisado al pie de los peldaños. Pero no llevaba a ningún sendero, en ninguna dirección. La hierba la rodeaba por completo, alta, resplandeciente e intacta. Era como si la señora Zimmermann se hubiera evaporado.

El pánico se apoderó de Rose Rita. Gritando «¡Señora Zimmermann!» con toda la potencia de sus pulmones, se peleó contra el césped mojado hasta que llegó a la carretera. Miró a la derecha. Miró a la izquierda. No vio más que oscuridad y lluvia. Rose Rita cayó de rodillas en un charco y se echó a llorar. Se tapó la cara con las manos y sollozó amargamente. La lluvia helada se derramaba sobre su cabeza, calándola hasta los huesos.

Un buen rato después, se levantó. Tambaleándose como una borracha y medio cegada por las lágrimas, consiguió llegar a la granja, pero se detuvo frente al porche. No quería volver a entrar en aquella casa. Y menos ahora que estaba oscuro. Rose Rita le dio la espalda con un escalofrío. Pero ¿adónde podía ir? Bessie. Pensó en Bessie, estacionada en el granero. El granero era un lugar oscuro y siniestro, igual que la casa, pero Bessie era una criatura acogedora y familiar. Rose Rita realmente consideraba el coche una criatura viva. Podía ir allí y dormir en el coche. Bessie no le haría daño, la protegería. Rose Rita tomó una temblorosa bocanada de aliento, apretó los puños y se dirigió al granero. La lluvia la acompañó todo el camino con su golpeteo.

El estruendo que hizo la enorme puerta blanca al abrirse reverberó en las vigas del tejado. Bessie estaba allí, aguardando. Rose Rita palmeó la capota y se metió en el asiento trasero. Echó el seguro de todas las puertas. Luego se recostó e intentó dormir, pero el intento fue en vano. Estaba demasiado tensa. Pasó allí la noche entera, empapada, asustada, agotada y sola. Un par de veces se sobresaltó y se sentó en el asiento, con la sensación de haber visto una cara por la ventanilla del coche, pero era todo fruto de su imaginación: allí no había nadie.

Allí acostada, contemplando el techo del coche y escuchando la tormenta, Rose Rita se dedicó a pensar. La señora Zimmermann había desaparecido como por arte de magia. De hecho, se podía ahorrar el «como». La desaparición de la señora Zimmermann la había causado la magia.

Rose Rita repasó mentalmente la secuencia de los acontecimientos: lo primero había sido la extraña carta de Oley sobre el anillo mágico, y luego habían encontrado la cajita del anillo vacía. Después vino lo de la fotografía mutilada y la sombra que Rose Rita había visto moverse aquella noche en la habitación de la señora Zimmermann. Más tarde los dolores insoportables, la tirita de papel y el extrañísimo comportamiento de la señora Zimmermann durante el viaje a la granja. Pero ¿cuál era la clave de todo aquello? ¿Sería el anillo? ¿Lo tendría alguien? ¿Lo estarían usando para hacerle todas aquellas cosas a la señora Zimmermann? A Rose Rita aquella explicación le parecía bastante lógica. Pero de muy poco le servían las explicaciones lógicas. La señora Zimmermann había desaparecido, y Rose Rita no sabía dónde encontrarla. Tal vez estuviera muerta. Y en cuanto al anillo mágico, si es que existía, acaso..., bueno, Rose Rita no sabía en poder de quién estaba, y no tenía la más mínima idea de lo que haría si lo supiera. Y así estaban las cosas.

Rose Rita estuvo pensando en un bucle infinito toda la noche, mientras los truenos retumbaban sobre ella y los rayos iluminaban, de tanto en tanto, las altas ventanas del granero, llenas de polvo. Por fin se hizo de día. Rose Rita salió tambaleándose del coche a la luz y encontró el paisaje verde y lozano. Había mirlos dándose un buen festín con las moras que producía un viejo zarzal retorcido del jardín. Una repentina oleada de alegría la invadió, pero luego se acordó de la señora Zimmermann y rompió de nuevo a llorar. «No —se dijo con severidad, pestañeando para ahuyentar las lágrimas y despejándose el pelo de la cara—. No vas a llorar. Eso no te va a ser de ninguna ayuda, niña boba. ¡Tienes que hacer algo!».

Pero ¿qué? Estaba allí, sola, a casi quinientos kilómetros de su casa. Durante un instante de locura le pareció factible volver a New Zebedee conduciendo a Bessie. Al fin y al cabo, había conseguido recorrer un buen tramo en aquella carretera secundaria cerca de Ironwood. Pero Rose Rita tenía miedo. Miedo de que la parara la policía, de tener un accidente. Además, volver a casa en coche no iba a ayudarla a encontrar a la señora Zimmermann. Tenía que ocurrírsele alguna otra cosa.

Rose Rita se sentó en los escalones del porche, colocó la cabeza entre las manos y pensó un poco más. ¿Debería llamar a sus padres para que vinieran a buscarla? Prácticamente oía lo que diría su padre: «¿Ves, Louise, lo que pasa por dejar que Rose Rita vaya por ahí con tarados? La vieja loca se largó volando en su escoba y dejó a Rose Rita aquí para que se pudra. Bueno, pues la próxima vez que pienses que es buena idea dejar que nuestra hija se vaya por ahí de viaje con una chiflada, será mejor que...». Rose Rita contrajo el rostro. No quería tener que enfrentarse a su padre, y mucho menos sin la señora Zimmermann. Rose Rita siguió pensando.

Se devanó los sesos. Cruzó las piernas, las descruzó, volvió a cruzarlas, se mordió el labio y resopló. Era una luchadora nata, y no iba a abandonar a la señora Zimmermann. No mientras hubiera algo que estuviera en su mano hacer.

Rose Rita se incorporó de un salto y chasqueó los dedos. ¡Claro! ¡Qué mensa! ¿Cómo no se le había ocurrido antes? Estaba ese libro, el Mazo de Noséqué, o como se llamara. El libro por el que la señora Zimmermann quería volver a casa antes de cambiar de idea..., o de que alguien se la hiciera cambiar. Pero Rose Rita no lo tenía a la mano. Ni siquiera sabía dónde conseguir un ejemplar. Volvió a sentarse.

Estuvo un buen rato pensando en libros de magia.

Hileras e hileras de ellos, colocaditos en sus estanterías, libros con cubiertas de vitela manchada y caligrafías redondeadas en el lomo. ¡Eso era! Jonathan tenía libros de magia. Una colección enorme. Y no sólo eso: también tenía las llaves de la casa de la señora Zimmermann. Si no conseguía encontrar en su colección ese viejo Mazo Comosellamara, podía ir a la casa de al lado y rebuscar en la librería de la señora Zimmermann. Además, Jonathan sabía de magia, porque él mismo era mago. Rose Rita podía contarle lo que había pasado y no la tomaría por loca. ¡El bueno de Jonathan! Él sabría que hacer.

Rose Rita se levantó y entró en la casa. En la pared de la cocina había un viejo teléfono de magneto. Rose Rita descolgó el auricular del gancho y dio un par de vueltas a la manivela. La campanita que contenía la caja del teléfono sonó, pero no había línea. La señora Zimmermann había olvidado pagar el recibo de la luz de Oley, y también el del teléfono.

Rose Rita colgó el auricular y se quedó allí de pie, profundamente deprimida. Pero entonces recordó la tienda de Gert Bigger. Allí seguramente habría un teléfono que pudiera usar. Rose Rita no quería tener que vérselas con aquella anciana malhumorada que había timado a la señora Zimmermann la noche que se quedaron sin gasolina, pero no se le ocurría ninguna alternativa. La tienda de Gert Bigger se encontraba a unos tres kilómetros por la carretera. Rose Rita suspiró. No le quedaba más alternativa que ir caminando hasta allí y pedir ayuda.

Se puso en marcha. Ya hacía bastante calor, aunque era muy temprano, y la carretera era muy polvorienta. De su ropa, aún mojada de la noche anterior, emanaba vapor. Le preocupó resfriarse, pero tampoco demasiado. En aquel momento, agarrar un resfriado era la menor de sus preocupaciones.

La tienda de Gert Bigger quedaba más lejos de lo que Rose Rita había pensado. Las moscas zumbaban a su alrededor cuando dobló una curva y la vio titilando entre la calima. Tenía prácticamente el mismo aspecto que la primera vez que la había visto. Pero a medida que se acercaba, Rose Rita se percató de una diferencia. En el gallinero había una gallina. Sólo una. Una gallina con una pinta bastante zarrapastrosa. En cuanto avistó a Rose Rita, empezó a cacarear, exaltadísima, y a correr de adelante para atrás. La chiquilla sonrió. De pequeña había tenido una gallina blanca como mascota. Se llamaba Henny Penny. Aquel pobre pollo solitario le recordaba a ella. Rose Rita se preguntó por qué estaría tan alterada, y entonces vio el tocón que había en la esquina del gallinero. Apoyada contra él, había un hacha. Aparentemente Henny Penny iba a terminar en una olla muy pronto. «Pobrecilla —pensó Rose Rita—. Seguramente piensa que vengo a rebanarle el cuello».

Rose Rita le dio la espalda y se dispuso a subir los escalones que llevaban a la tienda, pero al apoyar un pie en el primero estuvo a punto de pisar a un perrito negro. Era el mismo que les había ladrado a la señora Zimmermann y a ella la vez anterior. Debía de estar agazapado en la zona de sombra de los peldaños, porque Rose Rita habría jurado que estaban despejados cuando los había mirado hacía un segundo. Imitando a la señora Zimmermann, Rose Rita echó el pie hacia atrás como si fuera a propinarle un puntapié e, igual que la vez anterior, el perro echó a correr hacia la maleza y desapareció.

Rose Rita subió los peldaños. Abrió la puerta y miró dentro. Gert Bigger estaba arrodillada en mitad del suelo, desempaquetando cajas de cereales y colocándolas en una estantería.

—Bueno —le dijo, fulminándola con la mirada—. ¿Tú qué quieres?

—Tengo..., tengo que hacer una llamada de teléfono —dijo Rose Rita. Le tembló la voz al hablar, y tuvo miedo de echarse a llorar.

—¿Así que tienes que llamar, eh? Bueno, pues más te vale tener dinerito a la mano. En esa pared hay un teléfono de pago —Gert Bigger señaló un teléfono negro lleno de arañazos al fondo del mostrador.

Rose Rita rebuscó en su bolsillo y recuperó una moneda de diez centavos y un par de peniques. Tendría que hacer la llamada por cobrar.

Mientras se dirigía al teléfono, fue consciente de que Gert Bigger la observaba. Se preguntó por qué. «Ay, bueno —pensó Rose Rita—, será que es una entrometida». Dejó las monedas en el estante que había frente al teléfono y leyó la página amarilla que contenía las instrucciones. Para hacer una llamada por cobrar, tenía que marcar 0 y hablar con la operadora. Rose Rita colocó el dedo en el agujero del 0 en el disco y estaba a punto de empezar a marcar cuando, por el rabillo del ojo, vio que Gert Bigger seguía mirándola. Había dejado de hacer lo que la tenía ocupada y se había quedado arrodillada en medio del pasillo, contemplándola.

Rose Rita dejó la marcación a medias. Sacó el dedo del agujero y dejó que el disco volviera a su sitio con un clic. Acababa de tener una idea extrañísima: ¿Y si Gert Bigger le había hecho algo a la señora Zimmermann? Se la tenía jurada, de eso estaba segura. Y vivía cerca de la granja de Oley. Podía haber entrado en la casa para robar el anillo después de que muriera. Era una idea bastante loca, Rose Rita era consciente de ello. Pero no podía dejar de preguntarse si estaría tramando algo.

Se dio media vuelta y su mirada se topó con la de Gert Bigger.

—¿Y ahora qué pasa? —gruñó la mujer—. ¿Se te olvidó a qué número tenías que llamar?

—Este..., sí. O sea, no, señora, digo... Da igual —tartamudeó Rose Rita.

Se giró de nuevo hacia el teléfono. «Esto es una estupidez —se dijo—. Esta vieja gruñona no es ninguna bruja. No tiene ningún anillo mágico. Deja de jugar a detectives, haz la bendita llamada de teléfono y termina con esto».

Rose Rita marcó el 0 y la pasaron con la operadora. Le dijo que quería hacer una llamada por cobrar a New Zebedee, Míchigan, al señor Jonathan Barnavelt. Su número era el 865. Rose Rita esperó. Escuchó unos leves arañazos y una interferencia, y luego el zumbido que indicaba que la operadora estaba marcando el número de Jonathan. Zzz, zzz, zzz.

—Discúlpeme —dijo la operadora—, pero el receptor no contesta. ¿Le importaría volver a intentarlo más tarde?

—Por favor, insista un ratito más —pidió Rose Rita—. Por favor, señora. Es una emergencia.

—De acuerdo.

El pitido continuó.

Mientras esperaba, Rose Rita paseó la mirada por la tienda. En la pared junto al teléfono vio una fotografía antigua con un marco negro. En ella aparecía un hombre vestido con un traje pasado de moda. Tenía un bigote imperial...

Rose Rita se quedó helada. Conocía a aquel hombre. Era el mismo que aparecía en la fotografía que la señora Zimmermann había encontrado en la tienda de segunda mano. Y ahora recordaba su nombre: Mordecai. Mordecai Hunks. Aquel era el hombre por el que la señora Zimmermann y Gert Bigger se habían peleado hacía tanto tiempo. Era el motivo por el que Gert Bigger detestaba a la señora Zimmermann, el antiguo rencor que le guardaba. Ahora todo empezaba a encajar.

Rose Rita ladeó ligeramente la cabeza y miró hacia la señora Bigger. Pero, justo en aquel momento, un claxon sonó afuera. Alguien quería gasolina. Gert Bigger dejó escapar un suspiro de fastidio, se levantó con pesadez y se dirigió a la puerta con fuertes pisotones.

—Lo siento, señorita —dijo la operadora—, pero no puedo prolongar más la llamada a este número. ¿Le importaría volver a llamar en otro momento?

Rose Rita se sobresaltó. Se había olvidado por completo de la llamada que estaba haciendo.

—Este..., de acuerdo —murmuró—. Lo intentaré... más tarde. Gracias.

Rose Rita colgó el teléfono y miró rápidamente a su alrededor. Aquella era su oportunidad. Tras el mostrador había una puerta oculta por una cortina café. Rose Rita miró de nuevo hacia la entrada. A través del gran ventanal de vidrio, vio a Gert Bigger poniéndole gasolina al coche. Y luego vio un nuevo vehículo estacionarse del lado opuesto de los surtidores. La vieja gruñona probablemente estuviera afuera un rato. Rose Rita respiró hondo, apartó la cortina y se escabulló por la puerta.

Apareció en una fea habitacioncilla con las paredes pintadas de color verde claro. Colgado de una de ellas había un calendario de una compañía carbonera y del techo pendía un foco sin pantalla. En una esquina había una pequeña caja fuerte de hierro y, apoyado contra la pared, un escritorio alto y estrecho con una estantería incorporada. Sobre él había una hoja de papel secante de un verde desvaído donde se leían columnas de cifras que se sumaban. Junto al papel secante había una botella de tinta Parker's Quink, un montón de plumas de madera con la punta metálica oxidada, una goma café de borrar y varios lápices bien afilados. Al otro lado del papel secante había un libro de cuentas con las tapas de cartón verde. La fecha anotada en la cubierta era 1950. Allí no había nada que tuviera pinta de ser ni siquiera levemente mágico.

A Rose Rita le dio un vuelco el corazón. Se sintió estúpida por estar haciendo aquello. Pero ¿qué era eso? Rose Rita se arrodilló. Bajo el escritorio había un estante, y en él había apilados más libros de cuentas con las tapas verdes. Eran exactamente iguales que el que había sobre el escritorio, salvo porque estaban llenos de polvo y tenían diferentes fechas: 1949, 1948, y de ahí hacia atrás. Rose Rita abrió uno. Sólo aburridas columnas de números. Débitos, créditos, recibos y cosas así. Estaba a punto de devolverlo a la estantería cuando se fijó que del centro asomaba algo. Lo sacó y descubrió que era un folio de papel doblado. Cuando lo abrió, encontró un dibujo hecho a lápiz. Tenía este aspecto:

Rose Rita sostuvo el papel con manos temblorosas. Notó que el corazón le latía más deprisa. Ella no era bruja, pero reconoció lo que era aquello porque le habían dejado ver una ilustración de algo parecido en uno de los libros de magia del tío Jonathan, bajo la atenta mirada de éste. El dibujo era un pentáculo mágico, uno de esos encantamientos que las brujas y los magos usan cuando quieren que suceda algo, ya sea bueno o malo. Rose Rita contempló el dibujo. Lo miró tanto, y durante tanto tiempo, que no escuchó el leve tintineo de la puerta de la tienda al abrirse sigilosamente y cerrarse con precaución. Un tablón chirrió tras ella. De repente, apartaron la cortina de un tirón y cuando Rose Rita se dio media vuelta, descubrió a Gert Bigger de pie tras ella.

—¡Pero bueno! ¿Qué te crees que estás haciendo, eh?

CAPÍTULO OCHO

ose Rita estaba arrodillada en el suelo, con la vista alzada hacia el rostro enfurecido de Gert Bigger. En sus manos temblorosas aún sostenía el folio con aquel extraño dibujo.

Gert Bigger entró en el cuartucho y cerró la cortina tras de sí.

—Acabo de preguntarte, señorita, qué estás haciendo aquí. Contra el allanamiento de la propiedad privada hay leyes, ¿sabes?, y para las niñas que roban cosas, reformatorios. ¿Te gustaría que tus padres se enteraran de lo que has estado haciendo? ¿Eh? ¿Te gustaría?

Rose Rita abrió la boca para hablar, pero lo único que le salió fue:

—Yo..., yo..., por favor... Yo no quería...

Gert Bigger dio un paso al frente. Se agachó y le arrancó el folio de los dedos entumecidos.

El silencio cayó sobre ambas mientras Gert Bigger, plantada en mitad del cuartucho, miraba el folio, a Rose Rita, y de nuevo al folio. Daba la sensación de que se estuviera decidiendo.

En ese momento, la campana de la puerta tintineó y una voz gritó:

—¡Yuju, Gertie! ¿Estás en casa?

Gert Bigger se dio la vuelta y maldijo en voz baja. Rose Rita se incorporó de un salto y se escabulló por la estrecha abertura de la cortina. Corrió por el pasillo central de la tienda, dejando atrás a una asombrada mujer de mediana edad que sostenía una bolsa del súper en la mano. La puerta se cerró de un golpe tras de sí. Rose Rita bajó los escalones con un retumbo y cruzó la carretera como una flecha. Corrió a ciegas, y se oyó llorar mientras corría. Atajó metiéndose por un maizal, apisonando unos retorcidos plantones verdes a su paso. Sus pies encontraron un sendero de hierba verde que discurría por la linde del maizal y ascendía por una colina baja. Rose Rita lo recorrió a la carrera, lo más rápido que pudo, hasta que se desplomó bajo un olmo de ramas colgantes que se alzaba junto a una roca de superficie plana. Se dejó caer en la hierba, se quitó los lentes de un tirón y lloró.

Rose Rita se pasó allí, llorando, un buen rato. Estaba cansada, hambrienta, asustada y sola. Llevaba sin comer nada desde por la noche, y prácticamente no había dormido. Al principio tuvo miedo de que Gert Bigger viniera por ella. De que sintiera su mano en cualquier momento sobre su hombro. Pero Gert Bigger no apareció. Siguió llorando, pero notó que se le empezaba a relajar el cuerpo. En aquel momento, le daba todo igual, absolutamente todo. Era una sensación deliciosa. Poco a poco, su mente empezó a evadirse. Era tan agradable estar allí acostada, a la sombra..., tan tan agradable... Aunque lo habría sido mucho más estar en casa. En casa..., en...

Rose Rita cerró los ojos. Una suave brisa crepitaba entre el maíz, y, a lo lejos, una mosca zumbaba ociosamente. Rose Rita sacudió la cabeza, luchando sin demasiadas fuerzas contra la somnolencia que comenzaba a apoderarse de ella. Estaba intentando pensar algo. ¿Qué era? Nunca llegó a descubrirlo porque, en cuestión de minutos, se quedó profundamente dormida.

—Oye, tú, ¡despierta! ¡Será mejor que te despiertes! ¿No sabes que quedarse dormido en el suelo es malísimo? Podrías resfriarte. Vamos, despierta.

Rose Rita despertó al oír aquella voz insistente e inquieta que le hablaba. Sacudió la cabeza y miró hacia el lugar del que procedía. Tan sólo vio una mancha borrosa. Entonces se acordó de los lentes. Tras tantear un poco junto a ella, en la hierba, los encontró y se los puso. Cuando alzó la vista, vio a una chica de más o menos su edad. Vestía una camisa a cuadros de manga corta, pantalones de mezclilla y unas botas militares llenas de lodo. Tenía el pelo liso y de un rubio deslucido, peinado con raya en medio. Su rostro era alargado, y tenía expresión de tristeza e inquietud. Las cejas oscuras se le enarcaban en arrugas de preocupación. Rose Rita pensó que ya había visto aquella cara en algún lugar. Pero ¿dónde?

Cuando lo recordó, a punto estuvo de echarse a reír. Aquella chica se parecía a la sota de tréboles.

—Hombre, hola —dijo la chica—. Vaya, ¡me alegro de que te hayas despertado! ¿Nunca te han dicho que es malísimo dormir en el suelo cuando está mojado? Anoche llovió, ¿sabes?

—Sí, lo sé —respondió Rose Rita. Se levantó y le tendió la mano—. Yo soy Rose Rita Pottinger. ¿Tú cómo te llamas?

—Agatha Sipes. Pero me llaman Aggie para acortar. Mi casa está por allí, en aquella colina. Esta granja es de mi papá. Por cierto, ¿fuiste tú la que pisoteó esas plantas de maíz?

Rose Rita asintió, apesadumbrada.

—Sí, fui yo. Lo siento, pero es que estaba llorando tanto que no veía por dónde pisaba.

La chica se enojó un poco.

—No deberías hacer esas cosas. Los granjeros trabajan muy duro para ganarse la vida —y luego, en un tono menos severo, añadió—: ¿Por qué llorabas?

Rose Rita abrió la boca, pero luego dudó. Tenía muchas ganas de contarle sus problemas a alguien, pero también quería que le creyeran.

—La señora Zimmermann, mi amiga, se perdió, y no sé dónde encontrarla. Anoche nos alojábamos en la granja que hay al fondo de la carretera, y salió corriendo por la puerta y desapareció sin más.

La chica se frotó la barbilla y puso cara de saber de lo que le hablaba.

—Ay, apuesto a que sé qué pasó. Probablemente se metió en el bosque y se perdió. Le pasa a mucha gente en verano. Vayamos a mi casa. Desde allí podemos llamar a la oficina del *sheriff*, y mandarán una cuadrilla de rastreo. La encontrarán en un santiamén.

Rose Rita pensó en el cerco de hierba pisada frente a la casa. El círculo del que no surgía ningún sendero. No serviría de nada. Tendría que contar la verdad y arriesgarse a sufrir las consecuencias.

—¿Crees..., crees en la magia? —preguntó a bocajarro.

La chica parecía perpleja.

—¿Eh?

—Pregunté que si crees en la magia.

—¿Te refieres a fantasmas, brujas, hechizos mágicos y cosas de ésas?

—Sí.

Agatha esbozó una sonrisa tímida.

—Claro que creo. Sé que no debería, pero no lo puedo evitar —con vocecilla preocupada, añadió—: A veces pienso que hay un fantasma en el sótano de nuestra casa, pero mi mamá dice que sólo es el viento que sopla por las noches. Tú no crees que tengamos un fantasma en el sótano, ¿verdad?

—¿Y cómo voy a saberlo? —respondió Rose Rita con fastidio—. ¿Quieres que te cuente lo que le pasó a la señora Zimmermann o no?

Rose Rita y Agatha Sipes se sentaron en la hierba bajo el olmo. A Rose Rita le sonaron las tripas, y recordó que llevaba sin comer desde la noche anterior. Tenía un hambre atroz. Pero también quería contar su historia, y Agatha parecía dispuesta a escuchar, así que comenzó.

Se la contó entera, tal y como ella se la sabía, desde la misteriosa carta de Oley y la cajita del anillo vacía hasta las cosas extrañísimas que les habían estado pasando a la señora Zimmermann y a ella en los últimos días. Cuando llegó a la parte sobre la desaparición de la señora Zimmermann, a Agatha se le pusieron los ojos como platos. Y cuando describió cómo había huido de la señora Bigger, se le abrieron aún más, y la boca se le desencajó sola de la mandíbula. Miró, nerviosa, hacia la tienda.

—¡Madre mía! —dijo—. ¡Lo que me asombra es que no te haya matado! ¿Y sabes qué? Seguro que fue ella quien hizo desaparecer a tu amiga.

Rose Rita miró a Agatha con extrañeza.

—¿Sabes..., sabes algo sobre ella? Sobre la señora Bigger, me refiero.

—Claro que sí. Es una bruja.

Ahora era Rose Rita la que estaba patidifusa.

—¿Eh? ¿Cómo lo sabes?

—¿Que cómo lo sé? Porque el año pasado trabajé en la biblioteca de Ellis Corners y vino a llevarse todos los libros sobre magia que teníamos, por eso lo sé. Algunos estaban en la sala de consulta y no pudo sacarlos, así que se pasó horas allí sentada, leyéndolos. Le pregunté a la señora Bryer, la bibliotecaria, por ella, y me dijo que la señora Bigger llevaba años haciendo aquello. También me contó que tenía la credencial de todas las bibliotecas de la zona y que siempre sacaba todos los libros de magia que encontraba. La señora Bryer dice que los lee de cabo a rabo y no los devuelve hasta que no le insisten. ¿No te parece raro?

—Sí que lo es.

Rose Rita tenía una sensación extraña. Estaba eufórica, porque su corazonada había resultado ser cierta, o ella así lo sentía, al menos. Pero al mismo tiempo estaba asustada, y se sentía impotente. Si la señora Bigger de verdad era bruja, ¿cómo podrían Aggie o ella misma enfrentarla?

Rose Rita se levantó y empezó a caminar de un lado a otro. Luego se sentó en la superficie plana de la piedra y se sumió en una profunda cavilación. Aggie se quedó de pie junto a ella, sin saber qué hacer. Cambiaba el peso de un pie al otro con nerviosismo, y arrugó las cejas en el ceño más compungido que Rose Rita le había visto hasta el momento.

—¿Dije algo que no debía, Rose Rita? —preguntó, después de varios segundos de silencio—. Si lo hice, lo siento mucho, de verdad.

Rose Rita se sacudió para salir del trance y la miró.

—No, Aggie, no dijiste nada que no debieras. De verdad que no. Pero es que no sé qué hacer. Si lo que dices es cierto y la señora Bigger es una bruja y le hizo algo a la señora Zimmermann... Bueno, ¿qué podemos hacer? Nosotras dos solas, me refiero.

—No lo sé.

—Pues yo tampoco.

Más silencio. Cinco minutos de silencio absoluto. Entonces Aggie volvió a hablar.

—Oye, ya sé qué haremos. Vayamos a mi casa y comamos algo. Mi mamá siempre prepara muchísima comida, porque en casa somos un montón, y seguro que hay de sobra para ti. Vamos. Después de comer pensaremos qué hacer. Con el estómago vacío no se puede pensar bien. O eso es lo que dice mi papá, al menos.

Rose Rita no parecía demasiado convencida, pero tampoco se le ocurría ninguna idea mejor. De camino a la granja, Aggie iba parloteando hasta por los codos. Le contó qué cosas le daban miedo, como por ejemplo la rabia y el tétanos, o electrocutarse, o la mayonesa que llevaba demasiado tiempo en el refrigerador. Rose Rita, sin embargo, sólo la escuchaba a medias. Seguía pensando, intentando decidir qué hacer. ¿Debía dejar de dárselas de Nancy Drew, la niña detective, y llamar a sus padres para que vinieran a recogerla? No. Rose Rita era una muchachita testaruda, y seguía pensando que podría encontrar a la señora Zimmermann sin ayuda de sus padres. Lo que Aggie le había contado sobre la señora Bigger y los libros de magia la había convencido aún más de que la señora Zimmermann estaba bajo el influjo de algún tipo de brujería. Así que Rose Rita recuperó su idea inicial de llamar a Jonathan. Lo haría en cuanto llegaran a casa de Aggie. Con la mente dándole vueltas a toda velocidad, trató de decidir cuál sería el siguiente paso. ¿Qué debería decirle a la señora Sipes que había pasado?

La granja ya quedaba a la vista cuando Rose Rita agarró a Aggie del brazo.

—Aggie, espera un minuto.

—¿Por qué? ¿Qué pasa?

—Tenemos que pensar qué vamos a decirle a tu mamá. No puedo contarle lo mismo que a ti. Pensará que estoy loca. Ni siquiera puedo decirle cómo me llamo de verdad, porque querrá llamar a mis padres, y no quiero que lo haga.

Aggie arrugó la frente.

—No creo que sea buena idea mentirle a mi mamá. Mentir no está bien, y, además, creo que te descubriría. Mi mamá es bastante lista. Se dará cuenta en un abrir y cerrar de ojos.

Rose Rita solía enojarse cuando le llevaban la contraria. Pero en aquel caso concreto lo hizo por partida doble, porque estaba muy orgullosa de su capacidad para inventar excusas y coartadas. Inventar excusas no es fácil, y no es comparable a exagerar, porque se te tiene que ocurrir algo que resulte creíble. Y Rose Rita conseguía resultar creíble... la mayoría de las veces.

Miró a Aggie molesta.

—Seguro que tu mamá no es la persona más lista del mundo. Y, de todas maneras, se me da bien inventarme cosas. Sólo tengo que sentarme un momento y pensar algo. Y luego las dos memorizaremos la historia, para que no se nos escape nada.

La que se puso de mal humor entonces fue Aggie.

—¿Ah, sí? ¿Y qué le vamos a contar? Esta es mi nueva amiga, Rose Rita, que acaba de caerse de un platillo volador.

—No, boba. No le diremos eso, ni nada por el estilo. Le contaremos algo que pueda creer que es verdad. Y entonces llamaremos al tío Jonathan y le pediremos que nos diga qué tipo de hechizo puede hacer que la señora Bigger nos revele qué hizo con la señora Zimmermann, ¿okey?

Aggie se mordió el labio y arrugó la frente. Respiró hondo y resopló.

—Bueno, okey. Pero si nos descubren, pienso echarte la culpa a ti. No voy a echarme una bronca porque a ti te parezca bien ir por ahí mintiéndole a la gente.

Rose Rita hizo rechinar los dientes.

—A mí no me parece bien ir por ahí mintiéndole a la gente. Pero tenemos que hacerlo, no hay otro remedio. Mira, vamos. Esto es lo que contaremos...

Una campana comenzó a sonar. Un tintineo agudo que llamaba a los miembros de la familia Sipes a la granja para comer. Aggie se dispuso a avanzar, pero Rose Rita la agarró del brazo y la arrastró tras una mata de forsitia. Acercó los labios al oído de su nueva amiga y comenzó a susurrar.

CAPÍTULO NUEVE

La casa de los Sipes era grande y blanca, y tenía un amplio porche cubierto. Junto a él crecían arbustos de espirea, y en el jardín había matas de peonías. A un costado se alzaba un gran manzano, y de una de sus nudosas ramas colgaba una rueda de tractor atada a una cuerda. Había juguetes y cosas de niños desperdigadas por todo el jardín: bates de beisbol, bicicletas, triciclos, rompecabezas, muñecas, camiones de juguete y ametralladoras de plástico. Ese tipo de cosas. Pero cuando Aggie abrió la puerta, a Rose Rita le sorprendió lo limpia y ordenada que estaba por dentro. La pulida carpintería brillaba, y había tapetes y caminos de mesa en cada una de las repisas de la casa, así como en las cómodas y los estantes. La escalera estaba decorada con una alfombra floreada, y en el recibidor principal hacía tictac un reloj de pie. En el aire flotaba un agradable aroma a comida.

Aggie llevó a Rose Rita directamente a la cocina y se la presentó a su madre. La señora Sipes tenía la misma cara alargada e idénticas cejas de preocupación que su hija, pero parecía bastante simpática. Se sacudió las manos manchadas de harina en el delantal y recibió calurosamente a Rose Rita.

—¡Hola! ¡Encantada de conocerte! Ya me preguntaba qué estaría entreteniendo a Aggie. Toqué la campana del almuerzo cinco veces, y creía que ya no iba a venir. ¿Cómo dijiste que te llamabas?

Rose Rita dudó tan sólo un segundo.

—Este..., Rosemary. Rosemary Potts.

—¡Qué nombre tan bonito! ¡Hola, Rosemary! ¿Cómo estás? ¿De visita por el vecindario? No me parece haberte visto antes por aquí.

Rose Rita se movió, incómoda.

—Ah, no, no me ha visto... porque estoy aquí de vacaciones con..., con la señora Zimmermann —Rose Rita calló un mo-

mento—. Es una amiga de mi familia, una muy buena amiga
—se apresuró a añadir.

—Sí —añadió Aggie—. La señora Comosellame y Rose...,
este, Rosemary y su familia son muy buenos amigos, buenísi-
mos. Sólo que la señora..., la señora...

—Zimmermann —dijo Rose Rita, mirando fatal a Aggie.

—Ah, sí, la señora Zimmermann. Bueno, el viejo Oley,
ya sabes, mamá, le dejó en herencia su granja, y Rosemary y
ella vinieron a ver qué tal estaba, y anoche la señora Zimmermann fue a dar un paseo por el bosque que está detrás de la
granja, y desapareció.

—Sí —dijo Rose Rita—. Creo que debe de haberse perdido. Sea como sea, no la encuentro por ningún lado, y estoy
empezando a asustarme.

Rose Rita contuvo el aliento. ¿Se creería la señora Sipes
aquel cuento?

—¡Ay, Rosemary! —exclamó la señora Sipes, rodeándola
con el brazo—. ¡Qué cosa más espantosa! Mira, te diré lo que
haremos. Voy a llamar por teléfono a la oficina del *sheriff* para
que mande a unos cuantos hombres lo antes posible a buscarla. El año pasado, sin ir más lejos, se perdió una persona en el

bosque y la encontraron sana y salva. Así que no te preocupes. Tú amiga estará bien.

Rose Rita suspiró de alivió, pero lo hizo para sus adentros. No le estaba gustando mentir sobre la desaparición de la señora Zimmermann, y lo cierto es que estaba muerta de preocupación por ella. Pero no sabía cómo reaccionaría la señora Sipes si le contaba que creía que la señora Zimmermann se había desvanecido, así, sin más.

Después de hacer la llamada pertinente al departamento de policía, Rose Rita se sentó a la larguísima mesa del comedor con Aggie, otros siete niños, y la señora Sipes. Rose Rita ocupó la cabecera de la mesa, el lugar donde solía sentarse el señor Sipes. El padre de Aggie pasaría la noche fuera de casa, en Petoskey, por un asunto de negocios.

Rose Rita miró alrededor de la mesa. Era una familia de semblante preocupado. Todos tenían la misma cara larga y las cejas curvadas hacia abajo. Había niños altos y bajos, cinco chicos y dos chicas (contando a Aggie) y un bebé sentado en una periquera. En la mesa había una bandeja enorme de ternera en salmuera, papas, cebollas y zanahorias, y aún más verduras y bollitos al vapor en los dos platos humeantes que había junto a ella. También había una tabla de cortar con pan recién hecho y dos grandes jarras de leche. La señora Sipes bendijo la mesa y todos se abalanzaron sobre la comida.

—Dejen que Rosemary se sirva primero —dijo la señora Sipes—. Es nuestra invitada, ya lo saben.

Rose Rita tardó un segundo en reconocer su nuevo nombre. De hecho, le sorprendió cuando alguien le sirvió una cucharada de puré de zanahoria.

—Ah..., ay, gracias —murmuró, y luego se sirvió un poco más.

Cuando todo el mundo estuvo servido, la señora Sipes dijo con voz alta y clara:

—Niños, creo que deberían saber que Rosemary, aquí presente, tuvo un percance. La amiga con la que viajaba se perdió en el bosque, y estamos intentando encontrarla. Mandamos a la patrulla del *sheriff* a buscarla.

—Pues a mí me parece que hay que ser muy tonto para perderse en el bosque —dijo un chico alto de cabello negro y rizado.

—¡Leonard! —lo reprendió la señora Sipes, alterada—. Me parece que ya dijiste suficiente, muchachito —volteó a ver a

Rose Rita y le dedicó una sonrisa compasiva—. Permíteme disculparme por la grosería de mi hijo. Dinos, Rosemary, ¿de dónde eres?

—De New Zebedee, señora. Es un pueblito al sur del estado, casi en la frontera. Probablemente nunca haya oído hablar de él.

—Me parece que sé dónde está —dijo la señora Sipes—. Bueno, la verdad es que creo que lo mejor será que les avisemos a tus padres. Querrán saber qué pasó. ¿Cómo se llama tu papá?

Rose Rita clavó la vista en el mantel. Hizo un puchero con el labio inferior y compuso la expresión más triste que fue capaz de poner.

—Mis papás están muertos. Los dos. Vivo con mi tío Jonathan. Es mi tutor legal, se llama Jonathan Barnavelt y vive en el número 100 de High Street.

La reacción de la señora Sipes fue de asombro y tristeza.

—Dios mío, ¡pobre niña! ¡Qué sarta de desgracias! Primero fallecen tus padres, y ahora te pasa esto. Dime, cielo, ¿cómo fue?

Rose Rita parpadeó.

—¿Cómo fue qué?

—¿Cómo murieron tus papás? Disculpa que saque un tema tan triste ahora mismo, pero no pude evitar preguntarme qué les habría pasado.

Rose Rita calló un momento. Tenía un brillo travieso en los ojos. Estaba empezando a disfrutar de su propia mentira. Al principio había tenido miedo de que la descubrieran, pero ahora que la señora Sipes se había tragado tanto el cuento de la amiga perdida en el bosque como el de la huerfanita, por no mencionar el nombre falso, Rose Rita creía que podría contarle cualquier cosa. Por dentro se estaba riendo de lo ingeniosa que había sido la ocurrencia de inventarse que Jonathan era su tutor. Era una buena excusa, porque le permitiría llamarlo y averiguar lo que necesitaba saber, sin dar más rodeos. Rose Rita tenía intención de decirle a la señora Sipes que sus padres habían muerto en un accidente de tráfico, pero en aquel momento decidió probar algo con más estilo. Tampoco haría ningún mal.

—Mis papás murieron de un modo un tanto extraño —empezó a decir—. Verá, mi papá era guardabosques. Solía pasar mucho tiempo allí, vigilando que no se produjeran incendios forestales y cosas así. Bueno, un día encontró una presa de castores, una presa muy extraña, toda rota y aplastada. Nunca había visto algo así, jamás, y se preguntó por qué tendría ese aspecto. Verá, lo que él no sabía era que la había construido un castor que tenía rabia. Y cuando mi papá llevó a mi mamá a ver la presa, los mordió a los dos y murieron.

Silencio. Silencio sepulcral. Entonces a la hermana de Aggie se le escapó una risita nerviosa y uno de los chicos rompió a reír abiertamente.

—Caramba —dijo Leonard, alzando la voz con sarcasmo—. Yo creía que los castores infectados de rabia se refugiaban en el bosque para morir, ¿a ti qué te parece, Ted?

—Sí —respondió el muchacho sentado al lado de Leonard—. Nunca he oído que un castor haya infectado de rabia a nadie. Y de todas maneras, si de verdad pasó eso, ¿cómo lo descubriste? Si el castor mordió a tus papás y murieron, ellos no pudieron decirte cómo, ¿verdad?

Rose Rita notó que se le estaba poniendo la cara roja. Todas las miradas estaban fijas en ella, y se sintió como si estuviera desnuda, allí sentada a la mesa. Clavó la vista en el plato y murmuró.

—Se trataba de una cepa de rabia muy extraña.

Más silencio. Más miradas. Finalmente, la señora Sipes se aclaró la garganta y dijo:

—Este..., Rosemary, creo que deberías acompañarme un momentito a otro cuarto, si no te importa. Y será mejor que tú vengas también, Aggie.

Aggie se levantó y salió tras Rose Rita del comedor. Encabezada por la señora Sipes, la triste procesión subió las escaleras y entró en uno de los cuartos que daban a la fachada de la casa. Rose Rita y Aggie se sentaron una al lado de la otra en la cama, y la señora Sipes cerró la puerta con delicadeza tras ella.

—Bueno, y ahora bien —dijo, cruzándose de brazos y mirando a Rose Rita con dureza—. Me han contado muchos cuentos en mi vida, pero éste se lleva la palma. La historia de la huerfanita ya me pareció un poco rara, pero, Rosemary, por cierto, ¿de verdad te llamas así?

Rose Rita negó con la cabeza.

—No, señora —respondió con voz llorosa—. Me llamo Rose Rita.

La señora Sipes esbozó una sonrisilla.

—Bueno, al menos se parece bastante. Ahora, escúchame, Rose Rita —dijo, mirándola fijamente a los ojos—, si te metiste en algún lío, me gustaría ayudarte. No sé qué te llevó a inventarte esa ridícula historia de los castores, pero tendrás que aprender a mentir mejor si de mayor quieres ser estafadora. Ahora ¿crees que podrías contarme, sincera y honestamente, qué te pasó y por qué estás aquí?

Rose Rita fulminó a la señora Sipes con gesto amenazador. Se preguntó cómo reaccionaría si le contaba lo del césped pisado frente a la casa del que no partía ningún rastro.

—Ya se lo dije, señora Sipes —respondió Rose Rita, testaruda—. Le conté que mi amiga, la señora Zimmermann, se perdió, y no sé dónde esta. Se lo juro por Dios.

La señora Sipes suspiró.

—Bueno, cielo, supongamos que esa parte de la historia sea cierta, pero nunca me habían contado una mentira tan atroz como la de los castores, ¡de verdad que no! ¡Mordeduras de castor rabioso, por si fuera poco! Y ahora me dices que en realidad te llamas Rose Rita. Okey, cuéntame alguna verdad más. ¿Tus papás están vivos o muertos?

—Mis papás están vivos —dijo Rose Rita, en voz baja y desamparada—. Y se llaman George y Louise Pottinger, y viven en el número 39 de Mansion Street en New Zebedee, Míchigan. Y yo soy su hija. De verdad que lo soy. Se lo juro. Con la mano en el corazón y que me muera ahora mismo.

La señora Sipes le sonrió comprensivamente a Rose Rita.

—Ahora sí. ¿No es más fácil contar la verdad?

«No mucho», pensó Rose Rita, pero no dijo nada.

La señora Sipes suspiró de nuevo y negó con la cabeza.

—No te entiendo, Rose Rita. Si es verdad que estabas viajando con una amiga de tu familia llamada señora Zimmermann...

—Es verdad, ¿okey? —la interrumpió Rose Rita—. Su bolso sigue en la mesa de la cocina de esa granja de mala muerte, y seguramente ahí esté también su licencia de conducir y muchas otras cosas con su nombre. ¡Tome ésa!

—Muy bien —dijo la señora Sipes sin alterarse—. Como iba diciendo, si esa parte de la historia es cierta, ¿por qué diantres no quisiste decirme quiénes eran tus papás?

Una respuesta afloró en la mente de Rose Rita, una respuesta que tenía algo de verdad.

—Pues porque a mi papá no le cae bien la señora Zimmermann. Piensa que es una lunática, y si sale de ésta con vida, nunca me dejará volver a ir con ella a ningún sitio.

—Bueno, vaya, creo que estás siendo un poco dura con tu papá —dijo la señora Sipes—. No lo conozco, claro, pero me cuesta creer que piense que la señora Zimmermann esté chiflada sólo porque se haya perdido en el bosque. Es muy frecuente que la gente se pierda.

«Sí —pensó Rose Rita—, pero si descubriera que la señora Zimmermann es una bruja, seguro que se subiría por las paredes. Además, no puede ayudarnos. El único que puede hacerlo es el tío Jonathan». Rose Rita se movió, inquieta, y clavó los talones en la alfombra. Se sentía prisionera. Si al menos la señora Sipes se marchara y pudiera llamar al tío Jonathan y averiguar qué hacer con la señora Bigger. Él podría decirle qué fórmula mágica usar, y entonces todo se solucionaría. Toda aquella situación era muy frustrante. Era casi como estar a punto de agarrar algo y que te apartaran las manos de un golpe cuando ya casi lo tenías. Necesitaba ese libro, el libro de magia del nombre raro. Pero no podía hacer nada de todo aquello hasta que la señora Sipes la dejara en paz.

Mientras Rose Rita estaba allí sentada, echando humo, la señora Sipes se dedicó a sermonearla sobre la responsabilidad y la honestidad, y sobre cómo tus padres podían ser en realidad tus mejores amigos si confiabas en ellos. Cuando Rose Rita volvió a prestarle atención, estaba diciendo:

—... y por eso creo que lo que tenemos que hacer ahora es llamar a tus papás y contarles lo que pasó. Querrán saber que estás bien. Luego yo iré en coche a la granja Gunderson y comprobaré que todo está en orden. Seguramente lo dejaste todo abierto, y alguien podría entrar a llevarse cosas, ya sabes. Luego, lo único que podemos hacer es esperar —la señora Sipes se acercó y se sentó junto a Rose Rita en la cama. Le pasó un brazo alrededor de los hombros—. Siento haber sido tan dura contigo —le dijo con suavidad—. Sé que debes de estar muy preocupada por lo que le pasó a tu amiga, pero la policía ya está ahí afuera peinando los bosques. Estoy segura de que la encontrarán.

«Lo dudo mucho», pensó Rose Rita, pero, de nuevo, no dijo nada. Ahora, si la señora Sipes hiciera el favor de meterse en el coche e ir a la granja y dejarla sola... «Váyase, señora Sipes. ¡Váyase!».

Pero antes tenía que llamar a sus padres. De eso no iba a poder librarse. Así que las tres fueron al piso de abajo, y Rose Rita hizo una llamada de larga distancia. Fue la señora Pottinger quien respondió al teléfono, y Rose Rita volvió a recitar la historia sobre cómo la señora Zimmermann había desaparecido de la granja Gunderson en mitad de la noche, y probablemente se hubiera extraviado en el bosque. La señora Pottinger era una de esas personas que se alteran con facilidad, y cuando supo de la desaparición de la señora Zimmermann, se puso como loca. Pero le dijo a Rose Rita que no se preocupara, que el señor Pottinger y ella irían a buscarla en cuanto pudieran, e insistió en que los llamaran en cuanto tuvieran noticias sobre la señora Zimmermann. Luego la señora Sipes tomó el teléfono, y le dio a la señora Pottinger las indicaciones pertinentes para llegar a su granja. A continuación, Rose Rita habló unos minutos más con su madre y después colgó. Y entonces, tras un pequeño revuelo, la señora Sipes se subió a su coche y se dirigió a la granja Gunderson.

Rose Rita contempló por la ventana cómo el coche de la señora Sipes desaparecía colina abajo. Aggie estaba junto a ella, también observando, con su habitual expresión de preocupación.

—¿Ahora qué vas a hacer? —preguntó.

—Voy a llamar a Jonathan, el tío de Lewis, ahoritita mismo. Él es el único que sabe qué podemos hacer con la señora Bigger.

Rose Rita volvió al vestíbulo y tomó el teléfono. Miró a su alrededor, nerviosa, para asegurarse de que ninguno de los hermanos Sipes podía oírla. No había nadie. Aggie se plantó junto a Rose Rita, aguardando ansiosa, mientras su nueva amiga pedía que la pasaran con la operadora de llamadas a larga distancia.

—Quiero contactar con New Zebedee, Míchigan. El número es el 865, operadora, por favor. Con la residencia del señor Jonathan Barnavelt. Esta llamada es por cobrar.

Rose Rita y Aggie esperaron. Oyeron a la operadora marcar el número de Jonathan. Zzz, zzz, zzz. Dejó que diera ocho tonos, y luego dijo con la voz cantarina que Rose Rita tan bien conocía:

—Lo siento mucho, pero parece que el receptor no contesta. ¿Podría volver a intentarlo más tarde?

—Sí —respondió Rose Rita con voz apagada y desconsolada—. Llamaré más tarde. Gracias —colgó el teléfono y se sentó en el escabel que había junto a la mesita del teléfono—. ¡Demonios! —protestó, furiosa—. ¡Me lleva! ¿Y ahora qué vamos a hacer?

—Tal vez encuentren a la señora Zimmermann en el bosque —dijo Aggie, esperanzada.

Le estaba costando separar mentalmente las mentiras de Rose Rita de la historia real.

Rose Rita la miró fijamente.

—Lo intentaremos más tarde —murmuró—. En algún momento tendrá que volver a casa.

Rose Rita lo intentó tres veces más en los siguientes diez minutos, pero con todas obtuvo el mismo resultado. La señora Sipes regresó poco después. Estaba exultante, porque había encontrado el bolso de la señora Zimmermann en la mesa de la cocina de Oley, y dentro estaba su licencia de conducir, las llaves de su coche, y muchas otras tarjetas de identificación. Así que ahora estaba convencida de que Rose Rita le había contado toda la verdad. Rose Rita se alegró. Ahora, si pudiera largarse a alguna otra parte de la granja, ella podría volver a marcar el número de Jonathan.

Pero la señora Sipes no volvió a salir de casa en todo el día. Rose Rita se entretuvo meciéndose en el columpio del porche, jugando beisbol con Aggie, y luego ayudándole a dar de comer a las vacas y a los cerdos. Cuando no estaba ocupada con algo, Rose Rita se mordía las uñas. ¿Por qué no se marchaba la señora Sipes? En la casa sólo había un teléfono, y como estaba en una

mesa del recibidor, apenas había ninguna privacidad. La señora Sipes no era tan chismosa como para plantarse junto a Rose
Rita mientras llamaba, pero seguramente sí lo haría desde otra
habitación. Y ¿qué haría si la oía preguntarle a Jonathan qué
hechizo liberaría a la señora Zimmermann de los encantamientos de Gert Bigger? No, para hacer una llamada así, tendría que
estar sola, y Rose Rita lo sabía. Esperó a que se le presentara la
oportunidad, pero la oportunidad no se le presentó.

Aquella tarde, mientras Rose Rita y Aggie ayudaban a
la señora Sipes a preparar la cena, sonó el teléfono. Era la
señora Pottinger. Aparentemente, se les había estropeado
el coche en la carretera. Se le había averiado algo..., ella
creía que el diferencial. Fuera lo que fuera, no llegarían hasta
por la mañana. ¿Tenían alguna noticia sobre la señora
Zimmermann? No, ninguna. La señora Pottinger se disculpó por el retraso, pero no había nada que pudiera hacer
para solucionarlo. Llegarían en cuanto el coche estuviera
reparado.

Rose Rita se sentía como una condenada a quien le hubieran aplazado la ejecución. ¡Así tendría más tiempo para intentar contactar con el tío Jonathan! «Ay, por favor,—imploró en

voz baja—, que tío Jonathan esté en casa la próxima vez. Por favor, por favor».

Rose Rita pasó la tarde jugando parchís y *rummy* con Aggie y sus hermanos. Llegó la hora de irse a la cama sin que se diera cuenta. Se dio un baño, que la verdad es que necesitaba horrores, y sacó una piyama limpia de su maleta, que la señora Sipes le había traído de la granja. Cuando Rose Rita estuvo limpia y aseada, la señora Sipes le dijo que dormiría en la cama extra que había en la habitación de Aggie. El dormitorio estaba decorado con encajes y fruncidos rosas, como una habitación normal de chica. En la mecedora de la esquina había un oso enorme de peluche, y tenía una mesa de tocador con un espejo redondo y varios frascos de perfume sobre ella. Aunque vivía en una granja y la mayor parte del tiempo iba con pantalones, a Aggie no parecía incomodarle ser chica. Le había contado que tenía muchas ganas de empezar la secundaria, y de ir a bailes y salir con chicos e incluso de las fiestas de graduación. También le dijo que a veces era un alivio poder quitarse los pantalones y las botas, que apestaban a abono, e ir a alguno de los bailes que organizaban en la Casa de la Juventud. Rose Rita se preguntó si ella también pensaría así cuando llegara el otoño. Por el momento, tenía otras cosas en mente.

Rose Rita pasó aquella noche acostada en la cama, despierta, escuchando los ruidos de la casa. El corazón le latía a toda velocidad, y estaba muy nerviosa. Los Sipes se iban a dormir a las diez, porque tenían que levantarse a las seis para hacer las faenas de la granja. No había excepciones. Y, para ser una familia de ocho hijos, la casa quedó en calma bastante rápido. Hacia las diez y media, podría haberse escuchado el ruido de un alfiler cayendo en el pasillo.

—Rose Rita, ¿estás despierta? —bisbiseó Aggie.

—Claro que estoy despierta, boba. Voy a bajar en un rato para marcar otra vez el número del tío Jonathan.

—¿Quieres que te acompañe?

—No. Haríamos demasiado ruido si bajáramos las dos. Tú quédate ahí sentada, quietecita, y espera.

—Okey.

Los minutos pasaron. Cuando Rose Rita por fin se cercioró de que en la casa todos dormían, salió de la cama y bajó las escaleras de puntitas hasta el teléfono. Había un armario en el pasillo, junto al aparato y, afortunadamente, el cable era bastante largo.

Rose Rita se llevó el teléfono al armario, cerró la puerta y se acuclilló bajo los abrigos. Susurrando lo más alto que pudo, volvió a pedirle a la operadora que marcara el número de Jonathan.

La operadora lo intentó de nuevo. Diez, quince, veinte veces. No hubo suerte. Había salido, probablemente, a pasar la noche fuera.

Rose Rita colgó el teléfono y volvió a colocarlo en la mesa. Regresó de puntitas al dormitorio de Aggie.

—¿Cómo te fue?

—De pena —susurró Rose Rita—. Tal vez haya ido a visitar a su hermana en Osee Five Hills. Va de vez en cuando, y no me sé su número. Ni siquiera sé cómo se llama. Ay, mamá, ¿qué vamos a hacer?

—No lo sé.

Rose Rita se agarró la cabeza con las manos e intentó pensar. Si pudiera librarse de unos cuantos de los pensamientos que le rondaban, habría podido hacerlo. Tenía que haber algún modo, algo que...

—¿Aggie?

—Shhh. No tan alto, o nos va a oír mi mamá.

Rose Rita intentó susurrar más bajo.

—Okey, lo siento. Oye, Aggie, escucha. ¿La señora Bigger vive en la tienda? Me refiero a si tiene su casa en la trastienda, o en el piso de arriba.

—No. Vive a unos tres kilómetros y medio, en una casita apartada de la carretera. ¿Por qué quieres saberlo?

—Aggie —dijo Rose Rita, con un susurro emocionado y más alto de lo que habría debido—, ¿quieres ayudarme a colarme en la tienda de la señora Bigger... esta misma noche?

CAPÍTULO DIEZ

En cuanto Aggie comprendió cuál era el plan de Rose Rita, trató de echarse para atrás. Se le ocurrieron mil motivos para no ir a la tienda de la señora Bigger aquella noche, ni cualquier otra. Podrían atraparlas y mandarlas al reformatorio. La madre de Aggie podría descubrirlas y echarles bronca, y contárselo a los padres de Rose Rita. Tal vez la señora Bigger estuviera allí, escondida en un armario, esperándolas. La tienda podría estar cerrada a cal y canto, sin que hubiera manera de entrar. El perro de la señora Bigger podría morderlas. Y así, una detrás de otra. Pero el razonamiento de Aggie no causó el más mínimo impacto en Rose Rita. No hacía mucho que la conocía, pero ya sabía que su nueva amiga era una agorera. Y las personas agoreras siempre se ponen en lo peor. Ven peligros donde no los hay. Lewis era un agorero, y estaba siempre preocupado e inquieto por algo. En aquel momento, Aggie se estaba comportando como Lewis.

Para Rose Rita, estaba todo clarísimo. La señora Bigger era una bruja que se pasaba la vida leyendo libros sobre magia. Probablemente tuviera una copia del Mazo de Loquefuera, el libro que necesitaban para salvar a la señora Zimmermann. Tal vez lo tuviera en su casa, o puede que en alguna parte de la tienda. La segunda opción era la más probable, ya que pasaba allí mucho tiempo y seguramente leyera mientras trabajaba. «Al fin y al cabo —arguyó para sí—, había encontrado el símbolo mágico en uno de sus libros de contabilidad. Bueno, pues si había encontrado eso, bien podría encontrar otras cosas». Rose Rita pasó por alto las lagunas de su argumento. No quería verlas. Estaba empezando a emocionarse con la idea de enfrentarse a Gert Bigger en su madriguera. Se imaginó armada con un gran libro del que leería encantamientos siniestros, palabras mágicas que la obligarían a arrodillarse y hacer regresar a la señora Zimmermann de..., de donde la hubiera enviado. A Rose Rita se le ocurrió de repente que tal vez la señora Bigger hubiera empleado su magia para matar a la señora Zimmermann. «Bueno —pensó con tristeza—, si hizo eso, la obligaré a resucitarla de entre los muertos. Y, si no puedo, la haré pagar por lo que hizo». En su mente se estaba fraguando una furia tremenda. Una furia justificada. Odiaba a aquella mujerona de modales groseros y rezongones, y sus insultos, y sus mentiras, y sus sucias artimañas podridas. Le daría su merecido, vaya si se lo daría. Mientras tanto, sin embargo, tenía que convencer a Aggie de que siguiera su plan. No fue fácil. Razonó con ella y trató de engatusarla, pero Aggie era una muchachita testaruda, casi tanto como Rose Rita. Y podía resultar especialmente terca cuando estaba asustada.

—De acuerdo, Aggie —dijo Rose Rita, cruzándose de brazos y fulminándola con la mirada—, si te vas a poner así, ¡iré sola!

Aggie se mostró dolida.

—¿Lo dices en serio? ¿En serio, en serio?

Rose Rita asintió, apesadumbrada.

—Ajá. Intenta detenerme.

En realidad, podría haberla detenido fácilmente, y Rose Rita lo sabía. Lo único que tenía que hacer era gritar, y la señora Sipes, que tenía el sueño ligerísimo, bajaría a su habitación para preguntarles qué repámpanos pasaba. Pero Aggie no gritó. En realidad, quería sumarse a aquella aventura, pero, por otro lado, tenía miedo.

—Vamos, Aggie —suplicó Rose Rita—, no nos atraparán, te lo prometo. Y si conseguimos hacernos con una copia de ese libro que te dije, podremos darle su merecido a la señora Bigger. Y eso quieres, ¿verdad?

Aggie arrugó la frente. Enarcó tanto las cejas que prácticamente se le unieron en una sola.

—Vaya, no sé, Rose Rita. ¿Estás segura de que ese libro, comoquiera que se llame, estará allí?

—Pues claro que no estoy segura, boba. Pero si nos pasamos la noche aquí metidas, nunca lo descubriremos. Vamos, Aggie, ¡por favor!

Aggie no estaba muy segura.

—Bueno, ¿y cómo vamos a entrar? Todas las puertas y las ventanas estarán cerradas.

—Ya se nos ocurrirá algo cuando estemos allí. Tal vez tengamos que romper una ventana, o algo así.

—Eso va a hacer un montón de ruido —dijo Aggie—. Y podríamos cortarnos con los cristales.

—Pues entonces forzaremos la cerradura. Es lo que siempre hacen en las películas.

—Esto no es una película, esto es la vida real. ¿Tú sabes forzar cerraduras, eh? ¿Sabes? Seguro que no.

Rose Rita estaba completamente como loca.

—Mira, Aggie —dijo—, si llegamos allí y no se nos ocurre la manera de entrar, podemos darnos por vencidas y volver, ¿okey? Y si hay manera de hacerlo, ni siquiera tienes que acompañarme. Puedes quedarte afuera y montar guardia. Vamos, Aggie. Te necesito de verdad. ¿Qué me dices, eh?

Aggie se rascó la cabeza. No parecía muy segura.

—¿Me prometes que no tendré que entrar contigo? ¿Y que, si no conseguimos entrar, volveremos derechitas aquí?

Rose Rita se dibujó una cruz en el pecho con el dedo.

—Te lo prometo. Con la mano en el corazón y que me muera ahora mismo.

—De acuerdo —respondió Aggie—. Espera, iré por mi linterna. La vamos a necesitar.

Rose Rita y Aggie se vistieron y se calzaron lo más sigilosamente que pudieron. Aggie sacó de su armario una linterna de mango larguísimo y rebuscó en el cajón de su cómoda hasta encontrar una vieja navajita de *boy scout*. Tenía el mango de plástico gris y rugoso, y una brújula en el interior de una capsulita de cristal. Lo cierto es que Aggie no supo por qué sacó aquella herramienta en concreto, pero pensó que podía serles útil.

Cuando estuvieron listas, las dos chicas se dirigieron a la puerta del dormitorio de puntitas. Aggie iba primero. Abrió una rendija con muchísimo cuidado y se asomó.

—¡Okey! —susurró—. ¡Tú limítate a seguirme!

Recorrieron el pasillo y bajaron las escaleras de puntitas. Cruzaron sin hacer ruido las estancias iluminadas por la luz de la luna hasta llegar a la puerta trasera. Estaba abierta de par en par porque aquella noche hacía bastante calor, y la mosquitera no estaba puesta. Salieron y la cerraron con delicadeza a su paso.

—¡Guau! —suspiró aliviada Rose Rita—. ¡Esta parte fue fácil!

Aggie sonrió tímidamente.

—Sí. No es la primera vez que lo hago. Solía ir a pescar ranas con mi hermano a un arroyo que hay por aquí cerca, pero mi mamá nos descubrió y nos dio una buena regañada. Desde entonces, no he vuelto a escaparme de noche. Vamos.

Aggie y Rose Rita comenzaron a bajar la colina por un sendero de carretas que discurría entre dos terrenos arados. Treparon una pequeña valla y trotaron por un camino plagado de hierbas que iba en paralelo a la carretera principal. Rose Rita se dio cuenta inmediatamente de que estaban desandando el camino por el que habían ido el día anterior, cuando Aggie la había encontrado durmiendo junto al maizal. Ahora el campo quedaba a su izquierda, y susurraba suavemente bajo la brisa nocturna. Las estrellas se apiñaban muy juntitas en el cielo, y las cigarras cantaban en la maleza.

No tardaron mucho en dejar atrás el lugar donde se habían conocido. Ahí quedaba el olmo de ramas vencidas y la roca de la superficie plana. En aquel momento habían hablado animadamente, pero ahora guardaban silencio. La tienda de la señora Bigger no quedaba demasiado lejos.

Ambas chicas se detuvieron al final de la carretera de grava. Allí estaba la tienda de alimentos de Gert Bigger, cerrada. Una lamparita atrapainsectos iluminaba la puerta principal, y a través del amplio ventanal, las chicas vieron que en la trastienda lucía una valla. El cartel del caballo rojo volador crujía levemente a merced del viento, y los dos surtidores de gasolina parecían soldados de guardia.

—Ya llegamos —susurró Aggie.

—Sí —dijo Rose Rita.

Notó cómo algo se le anudaba en el estómago. Tal vez aquel plan fuera una estupidez, al fin y al cabo. Estaba a punto de preguntarle a Aggie si de verdad quería seguir adelante, pero hizo caso omiso de sus miedos y cruzó la carretera. Aggie la siguió, mirándola con gesto nervioso.

—Parece que no hay nadie —dijo Aggie cuando las dos estuvieron al otro lado de la carretera—. Siempre estaciona su coche ahí, y ahora no está.

—¡Bien! ¿Crees que podremos intentarlo por la puerta principal?

—Bueno, si quieres puedes probar, pero seguro que está cerrada.

Rose Rita subió los peldaños al trote y sacudió la manija. Estaba cerrada. Cerrada con llave. Se encogió de hombros y los bajó de nuevo.

—Vamos, Aggie. Sólo hemos agotado una opción, pero nos quedan muchas. Esta noche hace tanto calor que igual dejó una ventana abierta. Comprobémoslo —Rose Rita sintió que recuperaba su valentía y optimismo habituales. Todo saldría bien. Encontrarían la manera de entrar.

Aparentemente, el optimismo era contagioso, porque a Aggie se le iluminó el rostro y —para lo que ella era— se mostró confiada.

—¡Oye, puede ser! Okey, miremos.

Mientras rodeaban el edificio, las chicas oyeron un fuerte cacareo. Allí, tras la reja, estaba aquella pobre gallina blanca y desplumada. Parecía aún más escuálida y maltrecha que cuando Rose Rita la había visto el día anterior. «La vieja Gertie debería darle de comer», pensó. Igual que la vez anterior, la gallina estaba exaltadísima. Corría de atrás para adelante tras la reja, aleteando y cacareando.

—Ay, cállate —bisbiseó Rose Rita—. ¡No te vamos a cortar la cabeza! ¡Tranquilízate, por amor de Dios!

Las dos chicas se dispusieron a inspeccionar las ventanas del lateral de la casa. Las de la planta baja estaban cerradas a cal y canto, como si también estuvieran con llave. Sólo para asegurarse, Rose Rita se subió a una caja de naranjas e intentó levantar una. No se movió ni un centímetro.

—¡Ay, híjole! —gruñó cuando bajó.

—No te rindas todavía —dijo Aggie—. No hemos probado las de..., ¡diablos! ¡Cuidado!

Rose Rita giró sobre sus talones a tiempo de ver pasar un coche. Los faros iluminaron el lateral de la tienda y desaparecieron. Si el conductor había prestado atención, habría visto dos siluetas de pie junto a ella. Pero, aparentemente, no se había fijado. Rose Rita se sintió expuesta, como si estuviera en una pecera. De repente sintió todo el peso del peligro de lo que estaban haciendo.

—Vamos —dijo, tirando del brazo de Aggie con nerviosismo—. Vayamos a la parte trasera.

Las dos chicas rodearon el edificio para llegar a la trastienda. La gallinita blanca, que no había dejado de cacarear desde que habían aparecido, siguió haciéndolo hasta que las perdió de vista al doblar la esquina. Rose Rita se alegró cuando por fin se calló. Estaba empezando a sacarla de sus casillas.

Probaron la puerta trasera. Cerrada también. Retrocedieron un par de metros e inspeccionaron la trastienda. Las ventanas de la planta baja estaban protegidas con gruesas rejas de hierro. Probablemente fueran las del almacén donde se guardaban los víveres. Había una ventana en la primera planta y —Rose Rita retrocedió aún más para asegurarse—, ¡sí, estaba abierta! No del todo, sólo una rendija.

—¡Diantres! —dijo Rose Rita, señalándola—. ¿Ves eso?

Aggie no parecía muy segura.

—Sí, lo veo, pero no sé cómo te vas a colar por esa ranurita.

—¡No me voy a colar por ella, boba! Esa ranurita significa que la ventana no está cerrada del todo. Si consigo trepar hasta allí, puedo abrirla.

—¿Cómo lo vas a hacer?

Rose Rita miró a su alrededor.

—Todavía no lo sé. Veamos si hay algo por lo que pueda trepar.

Rose Rita y Aggie se asomaron al jardín que había frente a la trastienda de Gert Bigger y estuvieron un rato mirando, pero no encontraron ninguna escalera. Había un locker de herramientas, pero tenía un candado. Rose Rita regresó bajo la ventana y la escrutó con los ojitos entrecerrados, como un búho. Se frotó el mentón.

Junto a la tienda había un manzano, y una de sus ramas prácticamente tocaba el alféizar de la ventana a la que quería llegar. Pero Rose Rita era una escaladora experimentada, y sabía que comenzaría a vencerse en cuanto intentara trepar por ella. Cuando llegara al extremo, estaría mucho más abajo de lo que necesitaba, así que no le servía. Por otro lado, en el lateral de la casa había un enrejado. Llegaba justo a la altura de la ventana. Si conseguía trepar por él, podría agarrarse al alféizar y auparse. Valía la pena intentarlo.

Rose Rita respiró hondo y flexionó las manos. Fue hasta el enrejado. Estaba cubierto por una enredadera gruesa y llena de espinas, pero aquí y allá había zonas a las que agarrarse. Rose Rita colocó un pie en un travesaño, y luego en otro. Se balanceó para comprobar la resistencia de la madera y se quedó colgada de él, esperando a ver qué pasaba. Los clavos rechinaron cuando comenzó a desprenderse de la pared.

—No tiene muy buena pinta —dijo Aggie, frunciendo la boca en una mueca de profunda preocupación—. Si subes más, te vas a romper el cuello.

Rose Rita no respondió. El enrejado seguía aferrado a la pared, así que apoyó el otro pie. Y luego movió el que ya tenía apoyado, y añadió una mano. La estructura de madera se ladeó perezosamente al tiempo que crujía, chirriaba, chasqueaba y rechinaba. Al suelo cayeron clavos y trozos de madera astillada. Rose Rita se soltó de aquella estructura ruinosa y aterrizó en el suelo. Aggie soltó la navajita en el césped con un grito y corrió junto a Rose Rita. Cuando llegó a su altura, se estaba chupando una cortada que se había hecho en el pulgar, mirando lo que quedaba del enrejado con odio.

—¡Malditas espinas, mierda! —gruñó Rose Rita.

—Diantres, qué furiosa se va a poner —dijo Aggie—. La señora Bigger, me refiero.

Rose Rita no la escuchaba. Estaba evaluando si podría escalar el lateral del edificio: el primer piso no estaba demasiado alto, y los listones blancos que había entre tablón y tablón parecían suficientemente robustos como para servir de asidero. Lo intentó, pero se resbaló. Volvió a intentarlo y lo mismo. Se quedó allí, sofocada y jadeante. Por primera vez, puso en duda la sensatez de su plan.

—Volvamos a casa —reconoció Rose Rita con amargura. Las lágrimas le escocían en los ojos.

—¿Ya te estás dando por vencida? —preguntó Aggie—. Vaya, no creo que sea muy buena idea. Todavía no hemos visto el otro lado de la tienda.

Rose Rita dio un respingo y miró a Aggie. ¡Tenía razón! Se había obsesionado tanto con la ventana del primer piso que se había olvidado por completo del otro lado del edificio, el que aún no habían inspeccionado. El optimismo y la esperanza se apoderaron de nuevo de ella.

—Bien, echemos un vistazo —dijo Rose Rita, sonriendo.

Junto a las ventanas del otro lado de la tienda crecían unos densos matorrales, pero entre la maleza había un pequeño túnel por el que se podía pasar agachándose un poco. Rose Rita y Aggie se abrieron camino entre los arbustos. Alzaron la vista y vieron que las ventanas de aquel lado tenían rejas y candados, igual que las de la trastienda. Pero a ras del suelo vieron la entrada a un sótano. Era un acceso antiguo, con dos puertas de madera oblicuas. Aggie las iluminó con su linterna. Había un par de aplicaciones metálicas donde ambas se unían. A todas luces, su función era soportar un candado, pero en las aberturas no había ninguno. La puerta no estaba cerrada.

Con mucho cuidado, Rose Rita agarró el asa de una de las pesadas hojas de madera. La levantó, y un aroma a tierra y moho se le coló en la nariz. Era como un soplo de aire de ultratumba. Rose Rita tuvo un escalofrío y retrocedió. Soltó la puerta. Cayó con un potente retumbo.

Aggie la miró con preocupación.

—¿Qué pasa, Rose Rita? ¿Viste algo?

Ella se pasó el dorso de la mano por la frente. Estaba mareada.

—No, no vi nada, Aggie. Es sólo que... me asusté. No sé por qué, pero lo hice. Soy un poco gallina, nada más.

—¿No te parece raro? —murmuró Aggie, mirando la puerta—. Hay barrotes y candados por todas partes, pero deja esto abierto. Es extraño.

—Sí. Quizá no pensaba que nadie fuera a mirar tras estos arbustos —Rose Rita era consciente de que aquella era una explicación bastante pobre, pero fue la única que se le ocurrió. Aquella puerta abierta tenía algo muy raro..., pero no conseguía averiguar qué.

De repente, se le ocurrió algo. Volvió a levantar la portezuela del sótano y la abrió completamente. Hizo lo mismo con la otra hoja. Luego le quitó la linterna a Aggie y se asomó a la negra abertura.

Al pie de una escalerilla de peldaños de madera, Rose Rita descubrió una puerta negra con un ventanuco sucio y lleno de telarañas. Apoyó la mano en la manija de porcelana y la sintió sorprendentemente fría. La giró y empujó con cautela. En un primer momento, pensó que estaba cerrada, pero cuando empujó un poco más, se abrió con un potente y lúgubre chirrido.

El interior del sótano estaba oscuro como la boca de un lobo. Rose Rita lo recorrió con el haz de luz de la linterna y vio unas siluetas difusas agazapadas bajo el resplandor.

—¿Estás bien? —preguntó Aggie, nerviosa.

—Sí, eso..., eso creo. Mira, Aggie, quédate ahí arriba y monta guardia. Yo voy a entrar y a echar un vistazo.

—No tardes mucho.

—No te preocupes, me daré prisa. Ahora nos vemos.

—Okey.

Rose Rita se dio media vuelta y apuntó la linterna hacia lo alto. Allí estaban Aggie y su ceño fruncido, diciéndole adiós con la mano floja. Rose Rita tragó saliva y pensó en la señora Zimmermann. Volvió a dar media vuelta y entró.

Mientras atravesaba el frío suelo de piedra, Rose Rita miraba frenéticamente de lado a lado. En una esquina había una caldera. Con aquellas patas metálicas que la sostenían, parecía un monstruo. Cerca de ella había un congelador. A Rose Rita le recordó a una tumba. Rio, histérica. ¿Por qué todo daba tanto miedo? Era un sótano común y corriente. Allí no había monstruos, ni fantasmas. Rose Rita siguió avanzando.

En la esquina más alejada de la puerta, encontró una escalerilla de madera que llevaba a la planta baja. La subió muy despacio. Los peldaños crujían mucho bajo sus pies. En lo alto de los escalones había una puerta. Rose Rita la abrió y se asomó. Estaba en la tienda.

En los sombríos estantes se apilaban todo tipo de alimentos. Latas, botellas, frascos y cajas, levemente iluminados por el foco que lucía sobre la caja registradora. Afuera, frente al amplio ventanal, pasó un coche. Rose Rita escuchaba el lento tictac de un reloj, pero no veía dónde estaba. Cruzó la estancia y abrió una puerta. Una escalera llevaba al primer piso. Se dispuso a subirla.

A mitad de camino, Rose Rita se fijó en algo que la hizo detenerse: un cuadro colgado de cara a la pared. Se estiró y le dio la vuelta, curiosa. El cuadro mostraba un santo con un halo. Aferraba una cruz y miraba al cielo con una expresión mística. Rose Rita se apresuró a volver a colocarlo en su sitio. Un violento escalofrío le recorrió el cuerpo entero. ¿Qué la asustaba tanto? No lo sabía. Cuando se hubo calmado, siguió subiendo las escaleras.

En lo alto había un pasillo con forma de L y, más o menos hacia la mitad, una puerta de doble hoja. De la cerradura asomaba una llave. La giró, y la puerta se abrió. Rose Rita recorrió la estancia con la linterna, y descubrió que estaba en un pequeño dormitorio.

Dentro, justo al lado de la puerta, había un interruptor. La mano de Rose Rita avanzó hacia él, pero se detuvo. ¿Sería sensato encender las luces? Miró hacia la ventana. Era la única que tenía la estancia, la que había intentado alcanzar trepando por el enrejado. Daba a la oscura superficie boscosa que había en la trastienda. Gert Bigger estaba a kilómetros de allí. «Si enciendo la luz —pensó Rose Rita—, quien pase por aquí creería que se trata de la vieja Gertie haciendo corte de caja». Pulsó el interruptor y empezó a inspeccionar la habitación.

Era un dormitorio de lo más normal. Lo único que resultaba extraño era que parecía que alguien le estuviera dando uso, pero a Rose Rita se le ocurrió que Gert Bigger tal vez lo utilizara en invierno, las noches que hiciera tan mal tiempo que no pudiera volver en coche a casa. En una esquina había una camita con la estructura de hierro. Estaba pintada de verde, y las flores de hierro forjado de los barrotes de la cabecera tenían un leve toque rosado. Al lado había un armario sin puertas. De la barra colgaban vestidos de señora normales y corrientes, y en el suelo, junto a un par de pesados zapatones negros, había medias de nailon dobladas. El armario tenía un estante en el que había doblado algo que parecía una manta. Nada que llamara la atención. Rose Rita recorrió el dormitorio e inspeccionó la cómoda. Sobre ella había un espejo, y frente a éste una pequeña colección de botellitas y frascos. Una loción de la marca Jergen's, limpiador Noxzema, loción marca Pond's, un gran frasco azul de un perfume que se llamaba Noche Parisina. Sobre el camino de mesa de lino blanco había pasadores, cepillos y peines, trocitos de papel higiénico y ricitos de cabello castaño. También había una caja de pañuelos de papel.

Rose Rita dio media vuelta e inspeccionó la habitación. ¿Habría algo más allí? Sí lo había. En una mesita baja junto a la cama había un grueso tomo. Un libro grueso y pesado con las tapas de cuero repujado. Tenía los cantos bañados en oro y floridos ornamentos dorados en el lomo y la cubierta. De sus páginas asomaba un manchado separador rojo.

Rose Rita escuchó el latido de su propio corazón. Tragó saliva. ¿Sería aquel el que buscaba? Se acercó y abrió la pesada cubierta. Se le demudó el rostro. No era el libro que quería. Era algo llamado *Una enciclopedia de antigüedades judías*, del reverendo Merriwether Burchard, doctor en Teología y Literatura.

Bueno, al menos era un libro, fuera de la clase que fuera. Rose Rita comenzó a hojearlo.

Estaba impreso a doble columna con una minúscula caligrafía negra, y plagado de grabados oscuros y misteriosos. Según el pie de página, las imágenes mostraban el templo de Salomón, el Arca de la Alianza, el Mar de Bronce, la Menorá y cosas por el estilo. Rose Rita conocía algunos de los objetos que mostraban las imágenes. La Biblia de su abuela tenía grabados parecidos. Rose Rita bostezó. Parecía un libro bastante aburrido. Miró a su alrededor y suspiró. Definitivamente, aquella no era la guarida de ninguna bruja. Tal vez se hubiera equivocado con Gert Bigger. Rose Rita se percató, con un vuelco al corazón, de que su teoría sobre las brujas se basaba en un montón de suposiciones. La señora Bigger tal vez tuviera una foto de Mordecai Hunks colgada en la pared de su tienda, pero ¿qué demostraba eso? Y en cuanto a la foto que la señora Zimmermann había encontrado, bien podría haber sido una mera coincidencia. Y el extraño dibujo y sus peculiares hábitos lectores..., bueno, tal vez se tratara únicamente de una de esas personas que aspiran a ser brujas. La señora Zimmermann alguna vez le había mencionado que había mucha gente a la que le encantaría tener poderes mágicos, aunque había una posibilidad entre un millón de que los consiguieran. Ese tipo de personas seguramente leyera libros sobre magia con la esperanza de convertirse en magos, ¿no? Tendría lógica, ¿verdad?

Rose Rita empezó a plantearse si no habría cometido un terrible error. A la señora Zimmermann y a ella les habían pasado unas cuantas cosas raras, pero eso no significaba necesariamente que las hubiera provocado la señora Bigger. Recogió la linterna de la cama, y estaba a punto de bajar las escaleras cuando escuchó un ruido. Un leve arañazo en la puerta del dormitorio.

El terror se apoderó de Rose Rita durante un instante, y entonces recordó algo que la hizo reír. La señora Bigger tenía un perro. Un perrito negro. Probablemente lo encerrara en la tienda por las noches.

Rose Rita abrió la puerta con un suspiro de alivio. Efectivamente, era el perro. Trotó por la habitación y se subió a la cama de un salto. Rose Rita sonrió y se dirigió hacia la puerta. Pero se detuvo de nuevo, porque el perro hizo un ruido muy extraño. Un ruido que se parecía muchísimo a una tos humana. Los animales a veces hacen ruidos humanos. Los maullidos de los gatos, en ciertas ocasiones, se parecen al llanto de los bebés. Rose

Rita sabía aquello, pero aun así el ruido la hizo detenerse. El vello de la nuca se le erizó. Se dio media vuelta muy despacio. Allí, sentada en la cama, estaba Gert Bigger. Su boca, severa y cruel, se curvaba en una sonrisa malvada.

CAPÍTULO ONCE

Rose Rita estaba acostada, a oscuras. Notaba una ligera presión sobre los ojos, y sabía que algo se los cubría, pero ignoraba qué era. Se habría llevado las manos a la cara para destapárselos, pero no podía. Las tenía cruzadas sobre el pecho, y aunque las notaba, no podía moverlas. Era incapaz de mover ningún miembro de su cuerpo, ni tampoco de hablar, pero sí oía, y también sentía. Estando allí acostada, una mosca —le pareció una mosca— aterrizó en su frente y le recorrió el tabique de la nariz enterito antes de marcharse zumbando.

¿Dónde estaba? Probablemente en el dormitorio que había sobre la tienda de Gert Bigger. Tenía la sensación de estar acostada en una cama o algo por el estilo. Y tenía una manta, o lo que parecía una manta, envuelta alrededor del cuerpo. La notaba pesada, y en la habitación hacía calor y no corría viento. Reguerillos de sudor le recorrían el cuerpo. ¿Por qué no se podía mover? ¿Estaba paralizada, o qué? Entonces le sobrevino, como una pesadilla, el terror que sintió cuando vio a Gert Bigger sentada en la cama, mirándola con malicia. Fue entonces cuando debió de desmayarse, porque después de aquello no recordaba nada más.

Rose Rita oyó el clic de un cerrojo. Una puerta abrirse con un chirrido. Unos pasos pesados cruzar la habitación y detenerse junto a su cabeza. Una silla crujir.

—Bueno, bueno, bueno. ¿Cómo estás, señorita Fisgoncilla, eh? ¿No me respondes? Qué maleducada. ¿Sabes?, soy yo la que debería estar ofendida, por cómo te colaste en mi casa y lo revolviste todo. ¿Estabas intentando averiguar si soy una bruja? Bueno, pues ya te puedes quedar tranquilita, porque lo soy.

Gert Bigger rio, y su risa no era la que podría esperarse de una mujer grande y fornida como ella. Era una risilla aguda. A Rose Rita le pareció que sonaba a risa de persona demente.

—Sí, seeeñor —prosiguió Gert Bigger—, todo empezó cuando ese viejo idiota de Gunderson se dejó caer por aquí una noche. Estaba medio chiflado, y empezó a parlotear de un anillo mágico que había encontrado en su granja. Bueno, al principio pensé que estaba bromeando, pero luego me dio por pensar: ¿y si es verdad? Verás, siempre he querido poder hacer magia. La he estudiado muchísimo. Así que, cuando el viejo Oley estiró la pata, me colé en su casa y busqué el condenado anillo por todas partes. Ahora lo llevo en el dedo. ¿Leíste en el libro lo que dice ese tal Burchard sobre él? Es todo cierto, ¿sabes?, hasta la última palabra. Espera, déjame que te lo lea —Rose Rita oyó el ruido de unos dedos hojeando el libro—. Aquí está, justo donde puse el separador. Deberías haberlo visto cuando estuviste fisgoneando, aunque a veces los chismosos de tu calaña no ven las cosas ni aunque las tengan delante de sus narices —rio de nuevo—. ¿Lista? Ahí va: «El listado de reliquias judías no podría estar completo sin hacer mención al legendario anillo del rey Salomón. Según el célebre historiador Flavio Josefo, el rey Salomón poseía un anillo mágico que le permitía obrar grandes prodigios. El anillo le otorgaba el poder del teletransporte, es decir, la capacidad de trasladarse de un lugar a otro sin ser visto. También le confería poderes de brujería y adivinación, y le permitía humillar a sus enemigos transformándolos en bestias inferiores. Se dice que el rey Salomón derrotó de esta manera al rey de los hititas, convirtiéndolo en un buey. El anillo también le permitía cambiar su propia apariencia a voluntad: su forma preferida era la de un perrito negro, en cuya apariencia se paseaba, espiando a sus enemigos y descubriendo muchos secretos. Pero el mayor poder del anillo era uno que Salomón, sabio entre sabios, decidió no usar jamás. El anillo podía, si su portador lo deseaba, otorgar larga vida y gran belleza. Para obtener este don, sin embargo, el portador se veía obligado a invocar al demonio Asmodeo. Puede que esta razón fuera la que llevara a Salomón a renunciar a este poder del anillo. Ya que, como se ha dicho, quienes hacen tratos con el demonio...» —el libro se cerró con un golpetazo—. Ya es suficiente, reverendo —murmuró Gert Bigger—. Bueno, pues ahí lo tienes, señorita Fisgoncilla, ¿a qué es interesante? Pero te diré qué es lo más interesante de todo. Viniste en el momento perfecto, de verdad que sí. Pensaba haberte dado tu merecido cuando te encontré husmeando en mi trastienda, pero luego me dije: ¡Volverá! Y vaya si has vuelto. Lo hiciste, vaya que sí —a Gert Bigger se le escapó una aguda risotada—. Quité el candado de la puerta del sótano, y tú caíste redondita, como la

—Dios mío, de todo tiene que haber en la viña del Señor —dijo Gert Bigger—. ¿Con quién crees que acabo de estar hablando? Vamos, adivina. ¿Te rindes? Con la señora Sipes, que vive bajando por la carretera. Con ella y con su hija... Aggie, creo que se llama. Estaban alteradísimas porque Aggie dice que te secuestré. ¿Te imaginas? —Gert Bigger rio divertida—. Trajeron hasta un policía para registrar la tienda. Bueno, pues resulta que yo conozco mis derechos. No traía una orden de registro, y se lo dije. Eso le dije, exactamente: «Conozco mis derechos, así que no pueden entrar, y no, no sé nada de ninguna chiquilla». ¡Que se vayan al diablo! ¡Hay que tener descaro para presentarse así aquí! —Gert Bigger volvió a reír. La silla crujió cuando se meció de adelante para atrás, riendo. La débil llamita de esperanza que ardía en la mente de Rose Rita se apagó. Iba a morir, y no había nada que pudiera hacer para evitarlo.

Gert Bigger salió del cuarto, y volvió a hacerse un silencio largo y oscurísimo. Rose Rita seguía oyendo ruiditos, pero era incapaz de distinguir qué eran. Finalmente la puerta se abrió de nuevo, y oyó a la anciana caminar por la habitación. Tarareaba para sí, y escuchó el ruido de los cajones al abrirse y cerrarse. Estaba empaquetando sus cosas, preparándose para marcharse.

estúpida que eres. Bueno, pues estás a punto de descubrir lo que pasa cuando haces enojar a una bruja. Florence ya lo descubrió, aunque con ella todavía no he acabado, ni mucho menos —calló un momento y produjo un desagradable gargajo—. ¡Fiuuu! Ay, como si no supiera, como si no supiera lo que pretendía cuando apareció por aquí, fingiendo haberse quedado sin gasolina. Estaba al tanto de sus devaneos con la magia, del título universitario y todo eso, y me dije: ¡Vino por el anillo! Me preocupé muchísimo, porque todavía no sabía usarlo bien, salvo por el truquito del perro negro. Bueno, pues después de que se largaron al norte, aprendí. Fui yo quien llevó la fotografía hasta allí, y fue a mí a quien viste en la habitación de Florence. También me aparecí en el asiento trasero del coche un par de segundos. Te di un susto de muerte, ¿eh? —rio, y su risa era escalofriante. Luego, tras una nueva pausa, continuó en tono apesadumbrado—. Bueno, divertido ha sido, pero ya me cansé de jugar. Ahora tengo a Florence y le voy a dar su merecido para que no pueda quitarme mi anillo ¡nunca jamás! Una lección —añadió—. Le guardo particular rencor por haberme hecho la vida imposible. Si Mordy y yo nos hubiéramos casado, mi vida habría sido infinitamente mejor. Mi marido me pegaba. No sabes cómo era. No tienes idea —a Gert Bigger se le quebró la voz. ¿Estaría llorando? Rose Rita no fue capaz de distinguirlo.

La mujer siguió despotricando con aquella voz severa y enojada. Le explicó a Rose Rita que la tenía bajo el influjo de un hechizo de muerte. Cuando llegara el alba, moriría. Encontrarían allí su cadáver, rodeado de toda la parafernalia mágica de Gert Bigger. Pero ella ya no estaría. De hecho, no estaría ni allí ni en ninguna otra parte, porque se habría convertido en una mujer joven y hermosa. Lo tenía todo pensado: se mudaría y se cambiaría de nombre. Había sacado todo el dinero del banco, lo tenía en la caja fuerte del piso de abajo. Con un nombre y una vida nuevos podría resarcirse de todas las cosas malas que le habían pasado. Y, antes de irse, ajustaría cuentas con Florence Zimmermann de una vez por todas.

Cuando hubo terminado de hablar, salió del dormitorio y cerró la puerta con llave. Rose Rita contempló, impotente, la oscuridad que la rodeaba. Pensó en Aggie. Aggie era su única esperanza. Rose Rita no tenía ni idea de cuánto tiempo hacía que la había dejado esperando junto a la puerta del sótano. Esperaba que Gert Bigger no la hubiera capturado a ella también. Rose Rita rezó,

aunque tenía la boca cerrada y de ella no surgía ni un sonido. «Señor, por favor, ayuda a Aggie a encontrarme. Haz que me ayude antes de que sea demasiado tarde. Por favor, señor, por favor...».

Pasó un buen rato. O a Rose Rita al menos le pareció un buen rato, porque no tenía manera de saber cuánto había sido. Su reloj de pulsera seguía funcionando en su muñeca, pero de poco le servía. ¿Cómo sabría cuándo amanecería? Lo sabría cuando estuviera muerta. Tictac, tictac, tictac. Notaba el cuerpo cada vez más entumecido. Ya no sentía las manos sobre el pecho. Se imaginó una horrible estampa de sí misma, en la que no era más que una cabeza cortada sobre un almohadón. Era una imagen tan horrible que intentó librarse de ella, pero se le aparecía una y otra vez. «Por favor, señor, manda a Aggie, manda a alguien». Tictac, tictac, tictac.

Piiii. Estaba sonando el timbre. Sonó varias veces, y entonces Rose Rita escuchó el tintineo amortiguado de la campanita que había sobre la puerta de la tienda. Después no oyó nada más: si había alguien hablando, no lo escuchaba. Silencio. Pasó otro rato. Entonces Rose Rita escuchó el clic que hizo el pestillo de la puerta del dormitorio al abrirse. Pisadas, y el crujido de la silla cuando alguien corpulento se aposentó en ella.

Tras lo que a Rose Rita le pareció una eternidad, escuchó los cierres de la maleta. Gert Bigger se dirigió a la mecedora que había junto a la cama y se sentó de nuevo.

—¿Qué tal vas, eh? ¿Todavía sientes algo? Este hechizo hace efecto gradualmente, o eso leí, vamos. Pero no concluirá hasta el alba, y para eso aún falta un rato. Bueno, pues ya está. Estoy lista para irme. Todavía no me ocupo de Florence, pero creo que lo haré cuando salga. Quiero que vea qué aspecto tengo después de haberme transformado. ¿Y sabes qué? Viéndote ahí tan callada y buenecita, creo que voy a dejarte presenciar mi numerito de transformación. Aunque bueno, estoy bromeando, claro, porque no puedo dejar que me veas. Tendría que quitarte las cosas esas de los ojos, y se rompería el hechizo, y no queremos eso, ¿verdad? No, seeeñor. Pero te diré lo que haremos. Me sentaré aquí, en esta misma silla, e invocaré al viejo Asmodeo y así podrás escuchar su voz. ¿Qué te parece? A ver un momento, déjame ver cómo se hacía. Ah, sí... —Gert Bigger dio tres palmadas y dijo con voz autoritaria—: ¡Envíame a Asmodeo! Ahora.

En un primer momento, no pasó nada. Después, lentamente, Rose Rita comenzó a percibir la presencia de algo maligno. Su cuerpo recuperó la sensibilidad. Tenía toda la piel del cuerpo de gallina y muchísimo frío. El aire se tornó denso, y le costaba respirar. En la oscuridad, una voz ronca y susurrante habló.

—¿Quién invoca a Asmodeo?

—Yo lo invoco. Soy la portadora del anillo del rey Salomón, y quiero transformarme. Quiero ser joven y hermosa, y vivir mil años —Gert se apresuró a añadir—: Pero no quiero envejecer. Quiero mantenerme joven siempre.

—Así sea —respondió la voz susurrante.

En cuanto hubo terminado de hablar, Rose Rita escuchó un ruidito. Fue como si alguien hubiera dejado caer una moneda al suelo. Luego oyó un sonido similar al estruendo de un fuerte vendaval entrando en la habitación. Rose Rita escuchó todo tipo de golpes y crujidos. La cama se sacudió, y lo que fuera que le tapara los ojos cayó. Se incorporó y sacudió la cabeza, aturdida. Rose Rita miró a su alrededor. ¿Dónde estaban sus lentes? ¿Qué había hecho Gert Bigger con ellos? Buscó a tientas en la mesita de noche y los encontró.

Se los puso y miró a su alrededor. Ni rastro de Gert Bigger. No la había oído salir, y la llave aún asomaba de la cerradura de la puerta, por fuera. En la cama, junto a ella, Rose Rita vio dos dólares de plata. Debía de ser lo que le tapaba los ojos. Y descubrió que había estado tumbada bajo una pesada manta de lana negra. Tenía un reborde blanco y una enorme cruz, también blanca, estampada. Rose Rita sabía lo que era. Había asistido a un funeral en la iglesia católica de New Zebedee, y allí vio un ataúd cubierto con una manta como aquélla. Se arrancó aquella cosa con una violenta sacudida y se sentó en la cama.

Sintió nauseas. Estaba débil, como si hubiera pasado dos semanas en la cama con gripe. Cuando intentó levantarse, tuvo que volver a sentarse inmediatamente. El sudor le empapaba el rostro. Mientras contemplaba la habitación, sin salir de su atontamiento, le dio por pensar qué le habría pasado a la señora Bigger. Probablemente su deseo hubiera sido concedido y ahora estuviera en Hollywood, viviendo la vida loca con Lana Turner y Esther Williams y toda aquella pandilla. Rose Rita no lo sabía, pero tampoco le importaba. Estaba mareada, y no dejaba de tiritar. Sentía la cabeza ligera como un cesto de mimbre. Por fin, haciendo un enorme esfuerzo, se obligó a levantarse. Entonces recordó algo, algo que la había desconcertado. Aquel sonido, como una moneda al caer en el suelo. ¿Qué habría sido? Rose Rita se puso a cuatro patas en el suelo y miró bajo la cama. El timbre sonó unas ocho veces, y una voz amortiguada gritó:

—¡Abra! ¡Abra en nombre de la ley!

¡Habían regresado! ¡Aggie, su madre y la policía! Rose Rita miró hacia la puerta. ¿Y si la señora Bigger había dejado el anillo? ¿No sería magnífico reunirse abajo con Aggie con el anillo del rey Salomón en el puño? Rose Rita se inclinó y rebuscó en el polvo bajo la cama. ¡Allí estaba! Extendió la mano y lo enganchó con el dedo. Luego lo atrajo hacia sí y cerró el puño en torno a él.

Y, entonces, sucedió algo. Un escalofrío le recorrió el cuerpo y se sintió..., bueno, digamos que extraña. Se sintió orgullosa, y amargada, y furiosa, furiosa con la gente que había venido a traerla de vuelta a su antigua vida.

—De acuerdo, señora Bigger —retumbó la voz—. Vamos a contar hasta diez antes de echar la puerta abajo. Uno...

Rose Rita se levantó y miró la puerta con odio. La expresión de su rostro desprendía tanto desprecio que prácticamente no parecía ella. Sus ojos tenían un brillo desquiciado. ¡Así que venían por ella! Bueno, antes tendrían que atraparla. Corrió hacia la puerta y la destrabó. Apretando con fuerza el anillo en el puño, Rose Rita recorrió el pasillo como una exhalación. Al fondo había una puerta entreabierta, y alcanzó a ver las escaleras que llevaban al piso de abajo. No era la misma por la que había subido, sino otra que llevaba a la trastienda. Rose Rita corrió hacia allí.

—Seis..., siete...

Bajó las escaleras traqueteando. Al pie había una puerta con un pestillo corredizo y una cadena. Forcejeando con furia, pero sin soltar ni un segundo el anillo que tenía en la mano, Rose Rita descorrió pestillos, cadenas y cerrojos.

—¡Diez!

Hubo un fuerte golpe y un alboroto de voces gritando. En medio de todo ello, Rose Rita oyó a Aggie exclamar:

—¡Rose Rita! ¿Estás bien?

Ella dudó. Miró hacia la trastienda, de donde provenía todo aquel escándalo, con indecisión. Entonces se le endureció el rostro, y apretó aún más el anillo. Se dio media vuelta y corrió, dejando atrás el locker de herramientas y los tendederos, hacia la oscura extensión boscosa que comenzaba justo en la linde del jardín trasero de la tienda de Gert Bigger. La sombra de los pinos parecía extenderse para engullirla.

CAPÍTULO DOCE

Rose Rita cruzó el bosque a la carrera, apisonando el suelo a su paso. Sus pies levantaban pedacitos del paisaje, ramas, palos y setas que crecían escalonadas en altos troncos oscuros. Corrió por un sendero tortuoso cubierto de agujas de pino de color pardo que se adentraba más y más en la espesura. Cayó varias veces y se raspó las espinillas con un tronco, pero todas se levantó y siguió corriendo, cada vez más deprisa. Las ramas le azotaban la cara y los brazos, dejándole marcas de un rojo rabioso, pero el dolor de las cortadas sólo le hacía aumentar aún más la potencia de la carrera. Mientras corría, un desquiciado alboroto de pensamientos se arremolinaba en su mente. Las imágenes la asaltaban cual destellos o rayos. Rose Rita los veía tan claramente como si estuvieran impresos en el aire. Vio al chico del corte a cepillo que le había gritado: «¡Eres una chica muy rarita!». Vio a las chicas marginadas en los bordes del gimnasio de aquel baile de secundaria. Vio el edificio negro con aspecto de cárcel en el que estudiaría el próximo otoño. Vio chicas con vestidos zancones, chicas que usaban medias, y labiales y máscara de pestañas, preguntándole: «¿Qué te pasa? ¿No quieres salir con chicos? ¡Es muy divertido!».

Mientras corría, Rose Rita creyó oír a alguien tras ella, llamándola. La voz sonaba débil y lejana, pero estaba convencida de haberla escuchado una o dos veces. «No —jadeó—. Nunca me atraparán. Estoy harta, estoy hartísima, y voy a conseguir lo que quiero...».

Rose Rita corrió y corrió, caóticamente, a través de aquel pinar oscurísimo. Dejó atrás el sendero y bajó por una empinada ladera medio deslizándose, medio corriendo. Estaba cubierta de agujas, que eran muy resbaladizas. Perdió pie y rodó de cabeza. Rodó y rodó. Cuando llegó al lecho de la ladera, mareada, con náuseas y exaltada, lo primero que hizo fue comprobar que seguía teniendo el anillo consigo. Allí estaba, bien sujeto en su puño. Rose Rita abrió la mano lo justo para cerciorarse de que estaba a buen recaudo. Luego la cerró con fuerza, se incorporó, tambaleándose, y echó de nuevo a correr. Una fuerza impulsora se había apoderado de su mente, una fuerza imparable y mecánica, como un pistón.

«Vamos, vamos, vamos —decía—. Sigue corriendo, sigue corriendo, sigue corriendo, sigue corriendo...».

Rose Rita atravesó un arroyuelo poco profundo chapoteando y comenzó a trepar la ladera hacia el otro lado. Pero era muy escarpada, y le costaba trepar con el puño cerrado. Se detuvo, jadeando, a mitad de camino. ¿Por qué no se ponía el anillo, mejor? Abrió la mano y contempló con la boca abierta y expresión estúpida aquel pequeño objeto. Era demasiado holgado para su dedo, se le caería. ¿Y si se lo guardaba en el bolsillo? No, tal vez tuviera un agujero. Podría perderlo. Tenía que saber en todo momento que lo llevaba encima. Rose Rita cerró el puño y siguió trepando con una sola mano. Era buena escaladora, y aquí y allá había raíces de las que se podía servir como si fueran travesaños de una escalera. Siguió subiendo. Cuando llegó a lo alto, se detuvo a recuperar el aliento.

—¡Rose Rita! ¡Rose Rita! ¡Para!

Giró sobre sus talones. ¿Quién era? Era una voz familiar. Estaba a punto de darse media vuelta cuando aquel pistón impulsor que tenía en la cabeza la puso de nuevo en marcha. «Vamos, vamos, vamos, corre, corre, corre». Rose Rita giró la vista hacia el arroyo. Sus ojos desprendían una furia desquiciada.

—¡Ven por mí! —gruñó entre dientes. Luego se dio media vuelta y siguió corriendo.

Se adentró en el bosque, pero las piernas estaban empezando a fallarle. Las sentía de hule. El influjo del hechizo de Gert Bigger la había debilitado como lo habría hecho una larga enfermedad. Le dolía el costado, y cuando intentó recuperar el aliento, unas burbujas acuosas le estallaron en la boca. Estaba empapada de sudor y tenía los lentes empañados. Rose Rita quiso detenerse, pero el pistón impulsor no se lo permitía. La obligó a seguir hasta que, por fin, apareció en un pequeño claro. Cayó de rodillas y miró a su alrededor. ¿Dónde estaba? ¿Qué estaba haciendo? Ah, sí, estaba yendo a... Estaba yendo... a... A su alrededor, todo daba vueltas. Los árboles oscuros y el cielo cuajado de estrellas y la hierba gris zumbaban, como lo haría un paisaje a través de las ventanillas de un coche en marcha. Rose Rita cayó de espaldas y se desmayó.

Lo primero que vio cuando se despertó, un rato después, fue una luna pequeñita y pálida que arrojaba su luz sobre ella. Se sentó y sacudió la cabeza. Los altos árboles se cernían a su alrededor, un anillo de sombra que le impedía escapar. Pero no quería escapar, ¿verdad? No. Había ido allí para algo, pero por mucho que se esforzara, no recordaba qué era. Rose Rita notó dolor en la mano izquierda. Levantó el puño de la hierba y lo miró como si no le perteneciera. Muy despacio, abrió los dedos rígidos, doloridos y acalambrados. En la palma tenía un anillo grande y abollado. Lo había apretado durante tanto tiempo y con tal fuerza que se le había quedado un profundo surco, redondo y rojo, en la palma.

Rose Rita giró el anillo entre sus dedos con una mueca de dolor. Era de oro, o eso parecía, al menos. Un sello. En la superficie plana de la parte superior tenía un dibujo. Un rostro. Un rostro que la miraba con sus ojos sin pupilas y los labios curvados en una sonrisa fría y malvada. Aquel rostro la fascinó. Parecía tan real... No le hubiera extrañado que abriera los labios y de repente le hablara.

Y entonces recordó qué hacía allí.

Se levantó, tambaleándose, bajo la grisácea luz de luna que iluminaba el claro. Se deslizó el anillo en el anular de la mano izquierda y lo sujetó para que no se le cayera. Contuvo un grito cuando se dio cuenta de que se había ajustado a la medida de su dedo. Pero no tenía tiempo para ponerse a pensar en aquello. En su mente oía una voz que le indicaba lo que tenía que hacer. En un pobre intento de imitar a la señora Bigger, dio tres palmadas y dijo, lo más alto que pudo:

—Yo..., yo te invoco As..., Asmodeo. ¡Acude a mí! ¡Ahora!

Sobre la hierba iluminada por la grisácea luz de luna se proyectó una sombra. Y Rose Rita escuchó la misma voz ronca y susurrante que había oído en el dormitorio de Gert Bigger.

—Asmodeo es mi nombre. ¿Qué deseas?

Rose Rita se estremeció. De repente tuvo frío, miedo y se sintió sola. Quiso arrancarse el anillo del dedo y lanzarlo lejos. Pero no podía. Una voz insistente y furiosa, su propia voz, seguía hablando en su mente. Le indicaba lo que tenía que hacer. Le decía que tenía que cambiar, que en aquel momento podría resolver todos sus problemas si tenía el valor. También le decía que sólo tendría aquella oportunidad, y que nunca se le volvería a presentar otra.

La voz susurrante habló de nuevo. Sonaba levemente impaciente.

—Asmodeo es mi nombre. ¿Qué deseas? Eres la portadora del anillo de Salomón. ¿Qué deseas?

—Yo..., yo quiero... Lo que quiero hacer es... Lo que quiero es...

—¡Rose Rita, para! ¡Detén lo que estés haciendo y mírame!

Rose Rita se dio media vuelta. Allí, al borde del claro, estaba la señora Zimmermann. De los pliegues de su vestido asomaban llamas anaranjadas, y unas candilejas invisibles iluminaban su rostro, amable y lleno de arrugas. Un halo morado flotaba sobre ella, y su luz se proyectaba sobre la hierba grisácea.

—¡Para, Rose Rita! ¡Detén lo que estés haciendo y escúchame!

Rose Rita dudó. Agarró el anillo con el índice y el pulgar de la mano contraria y empezó a quitárselo. Le quedaba muy ajustado, pero podía moverlo. Entonces, la voz que escuchaba en su mente se intensificó. Le dijo que no hiciera caso a la señora Zimmermann. Que tenía derecho a ser feliz, a hacer lo que le viniera en gana.

Rose Rita tragó saliva y se humedeció los labios. Dio media vuelta hacia la sombra que aguardaba, flotando, cerca.

—Quiero... Yo quiero ser...

La señora Zimmermann habló de nuevo con una voz cavernosa que pareció inundar el claro entero.

—Te ordeno, Rose Rita, que me entregues ese anillo. ¡Dámelo ahora mismo!

Rose Rita dudó. Tenía los ojos de par en par de puro miedo. Entonces se dio la vuelta cual sonámbula y comenzó a dirigirse hacia la señora Zimmermann. De camino, comenzó a sacarse el anillo. Se deslizaba dolorosamente hacia arriba, de falange en falange. Ya estaba fuera, sobre la palma de su mano derecha. La señora Zimmermann extendió la mano hacia él y lo agarró. Lo miró con desprecio y se lo guardó en el bolsillo. El halo se desvaneció y las candilejas invisibles se apagaron. Los pliegues de su vestido volvieron a ser negros.

—Hola, Rose Rita —dijo la señora Zimmermann, sonriente—. Cuánto tiempo.

La chica miró a su espalda, nerviosa, pero la sombra había desaparecido. Entonces se desplomó en los brazos de la señora Zimmermann y rompió en sollozos. Se le sacudía el cuerpo entero, y mientras lloraba, sintió como si estuviera expulsando algo venenoso y pútrido de su sistema. Cuando se quedó sin lágrimas, se apartó de la señora Zimmermann y la miró. Tenía el rostro pálido y cansado, pero su mirada era alegre. Hablaba y tenía aspecto de haber vuelto en sí.

—¿Qué..., qué le pasó, señora Zimmermann? —fue lo único que se le ocurrió decir a Rose Rita.

La anciana rio suavemente.

—Podría preguntarte lo mismo, cielo. Por cierto, ¿te asusté ahora, cuando aparecí?

—Ya lo creo. Tenía miedo de que agitara su varita y..., ¡diantres! —Rose Rita recordó algo de repente. La varita de la señora Zimmermann había quedado destrozada, y no tenía ninguna nueva. Ahora era lo más parecido a una bruja sin poderes. Entonces ¿cómo...?

La señora Zimmermann adivinó lo que estaba pensando y rio de nuevo. Su risa era agradable, no como las carcajadas desquiciadas de Gert Bigger.

—Rose Rita —dijo, riendo para sus adentros—, te acabo de mentir. Te engañé. Verás, aún puedo parecer endiabladamente terrorífica, con candilejas, halos y cosas así, pero si hubieras decidido continuar con lo que estabas haciendo, no habría podido hacer nada para detenerte. Nada en absoluto.

La chica clavó la vista en el suelo.

—Me alegro de que me haya engañado, señora Zimmermann. Estuve a punto de hacer algo horrible. Pero..., pero ¿a usted qué le pasó? Me refiero a la otra noche. ¿De dónde acaba de salir?

—Del gallinero —respondió ella con una sonrisa amarga—. ¿No te lo habías imaginado, a estas alturas?

Rose Rita se quedó boquiabierta.

—O sea..., o sea que usted era...

La señora Zimmermann asintió.

—Ajá. Nunca podré volver a mirar siquiera un plato de ensalada de pollo, en mi vida. Gertie me transformó con el anillo. Pero para haber recuperado mi estado habitual, algo debe de haberle pasado a ella. ¿Sabes qué puede haber sido?

Rose Rita estaba profundamente confundida.

—Creía..., creía que a usted se le habría ocurrido alguna manera de romper el hechizo que la tenía presa. ¿No fue eso lo que pasó?

La señora Zimmermann negó con la cabeza.

—No, cielo. Ni siquiera con mi varita mágica habría sido suficientemente poderosa para derrotar a alguien en posesión de un anillo como éste. No, Rose Rita. Lo único que sé es que en un momento estaba tras la reja, convertida en, este... —tosió—, gallina, y al siguiente había recuperado mi forma original. Algo debió de pasar. Tal vez tú puedas decirme qué.

Rose Rita se rascó la cabeza.

—Ahí me atrapó, señora Zimmermann. La señora Bigger pretendía matarme con un hechizo, pero en mitad de todo este asunto, desapareció. Iba a usar el anillo para invocar a..., invocar a... —era extraño, pero ahora que ya no tenía el anillo en el dedo, Rose Rita era incapaz de recordar el nombre del demonio que había invocado la señora Bigger.

—¿Asmodeo? —preguntó la señora Zimmermann.

—Vaya, eso es. ¿Cómo lo sabe?

—De algo tenía que servirme haber hecho un doctorado en Artes Mágicas en la Universidad de Gotinga. Sigue contando.

—Bueno, pues invocó a Comosellame, y le dijo que quería ser joven y hermosa y vivir... mil años, creo que dijo. No sé por qué, desapareció, así que supuse que la magia había funcionado. Pero supongo que no se imaginó que todo ese abracadabra iría acompañado de un terremoto. Se me cayeron las monedas de los ojos y así fue cómo me liberé.

—Suerte la tuya —dijo la señora Zimmermann—, seguro que la vieja Gertie no contaba con que pasara aquello. Y debió de haber más cosas con las que no había contado.

—¿Cómo? ¿A qué se refiere?

—No estoy segura de a qué me refiero, todavía. Ahora, sin embargo, creo que será mejor que volvamos a la tienda. Cuando me escapé del corral, se oía un alboroto terrible dentro. Sonaba como si estuvieran poniéndolo todo patas arriba. Pero supuse que tú me necesitarías más que ellos. Apenas te vi de refilón cuando saliste pitando hacia el bosque. Soy anciana, y no puedo correr muy deprisa, así que me sacaste mucha ventaja, pero no me costó seguirte. Dejaste un rastro bastante claro entre la maleza. Fui *girl scout* en mis viejos tiempos. Vamos.

Efectivamente, a Rose Rita y la señora Zimmermann no les costó demasiado encontrar el camino de regreso a la tienda. Siguieron el rastro de hierba pisada, ramas rotas y huellas embarradas hasta el senderito, y desde allí fue fácil orientarse.

Poco después, mientras trotaban a buen paso por la senda cubierta de agujas de pino, la señora Zimmermann exclamó de repente:

—¡Mira!

Señaló a su izquierda, y Rose Rita vio allí un sauce joven y esbelto. Estaba completamente solo, en medio de un mar de pinos.

—¿Que mire qué? —preguntó Rose Rita, confundida.

—Ese sauce.

—Ah, sí. Sólo es un árbol. ¿Qué le pasa?

—¿Que qué le pasa? Bueno, para empezar, normalmente no suelen verse sauces solitarios en mitad de un pinar. Suelen formar bosques con otros árboles de su propia especie, junto a la orilla de ríos, lagos o arroyos. Pero hay otra cosa extraña: le tiemblan las hojas. ¿Tú notas algún viento?

—No. Vaya, eso sí que es raro. ¿Podría ser que allí soplara viento, pero aquí no?

La señora Zimmermann se frotó el mentón.

—Dime, Rose Rita —dijo de repente—, ¿recuerdas las palabras exactas que empleó la señora Bigger? Cuando se transformó, me refiero.

Rose Rita lo pensó.

—Vaya, creo que no. Algo sobre ser joven y hermosa, y vivir mucho tiempo, como dije antes.

—Ese árbol es joven y, sin duda, es hermoso —dijo la señora Zimmermann en voz baja—. Respecto a cuánto vivirá, eso ya no lo sé.

Rose Rita miró el árbol, y luego a la señora Zimmermann.

—Está diciendo que... Está diciendo que cree...

—Mira, como dije antes, no sé qué creo. O sea, no estoy segura. Pero tuvo que pasar algo para que yo recuperara mi aspecto actual. Si una bruja se transforma en otra cosa (por ejemplo, un árbol) deja de ser bruja, y todos sus encantamientos se rompen. Vamos, Rose Rita. Esto es una pérdida de tiempo. Será mejor que volvamos.

Ya era completamente de día cuando Rose Rita y la señora Zimmermann aparecieron en el claro tras la tienda de Gert Bigger. Se dirigieron a la entrada y allí encontraron a Aggie Sipes y a su madre. Estaban contemplando a dos policías que inspeccionaban por turnos unas cuantas cosas apiladas en los escalones frente a la tienda. Era un compendio muy extraño de objetos. Un paño mortuorio, un enorme crucifijo de madera, unas velas cafés de cera de abeja, un incensario bañado en plata, un hisopo, que es un instrumento que se usa para rociar agua bendita. También había un buen montón de libros. Entre ellos estaba el que Rose Rita había visto en la mesita de noche.

En cuanto Aggie vio a Rose Rita doblar la esquina, gritó como una loca y corrió hacia ella.

—¡Rose Rita, estás bien! Cielos, ¡creía que estabas muerta! ¡Uy! ¡Hurra! ¡Yupi! —Aggie abrazaba a Rose Rita y daba brincos de alegría. La señora Sipes también se acercó. Tenía una amplia sonrisa en el rostro.

—¿Es usted la señora Zimmermann? —preguntó.

—La misma —respondió la anciana.

Ambas mujeres se estrecharon la mano. Los dos policías se acercaron y se unieron al comité de bienvenida. Parecían suspicaces, como suele ser frecuente en su profesión. Uno de ellos llevaba una libreta y un lápiz en la mano.

—De acuerdo —dijo bruscamente—, ¿es usted la señora Zigfield que se perdió anoche?

—Sí, pero el apellido es Zimmermann, por cierto. Por favor, disculpen mi aspecto, pero me han pasado muchas cosas

—la señora Zimmermann tenía, en realidad, pinta de haber pasado las dos últimas noches en el bosque. Traía el vestido raído, roto y lleno de quemaduras. Los zapatos mojados y embarrados, y el pelo hecho un desastre. Tenía las manos y la cara completamente salpicadas de resina.

—Sí —dijo Rose Rita—. Tuvimos..., este... —de repente cayó en la cuenta de que no podía contarle a aquellas personas lo que había pasado. No si querían que les creyeran, claro.

—Bueno, tuvimos una aventurilla, aquí las dos —se apresuró a interrumpirla la señora Zimmermann—. Verá, anteanoche salí a dar un paseo por el bosque que hay tras la granja Gunderson y me perdí. Sé que pensarán que hay que ser muy necia para salir con la tormenta que caía, pero lo cierto es que me gusta pasear bajo la lluvia. Me encanta el sonido de las gotas al caer sobre la tela del paraguas: resulta acogedor, como la lluvia sobre un toldo. No pretendía ir demasiado lejos pero, sin darme cuenta, me salí del sendero y me perdí. Luego, para empeorar las cosas, empezó a soplar un vendaval, el paraguas se volteó y tuve que tirarlo. Una pena, porque era precioso. Pero, como les iba diciendo, me perdí, y me pasé dos días vagando por el bosque. Afortunadamente, estudié botánica en la universidad, y sé más o menos qué hierbas y frutos son comestibles. Así que estoy un poco magullada, pero perfectamente, por lo demás, creo. Me topé por casualidad con Rose Rita, que me trajo de vuelta a la civilización. Y, por lo que me contó, ella misma también tuvo una experiencia terrible. Parece que la anciana que regenta esta tienda la ató, la amordazó y la encerró en un armario. Luego le suministró algún tipo de droga y la dejó en el bosque para que muriera de hambre. Por suerte, Rose Rita sabe cómo manejarse en la naturaleza, y estaba regresando cuando se topó conmigo. Además —añadió, metiendo la mano en el bolsillo—, encontramos esto y, cuando se hizo de día, pudimos usarlo para localizar el camino de regreso.

¡Era la navaja de *boy scout* de Aggie! La que tenía la brújula en el mango. La señora Zimmermann la había encontrado en el jardín de la trastienda de Gert Bigger, donde a Aggie se le había caído.

Rose Rita contempló a la señora Zimmermann con la más pura admiración. Ella misma era autora de algunas mentiras bastante buenas, pero ninguna tanto como aquélla. Entonces, se acordó de Aggie. Ella sabía cómo había desaparecido realmente la señora Zimmermann. Y también que lo de la navaja no era verdad, porque se le había caído a ella. ¿Se iría de la lengua? Rose Rita miró a su alrededor, nerviosa y, para su sorpresa (y también para su enojo), vio que Aggie trataba de contener una risita. Era la primera vez que Rose Rita la veía riéndose.

Pero no dijo nada y, afortunadamente, su madre no se percató del repentino ataque de risa que le había dado. El policía de la libreta, tampoco. Estaba ocupadísimo anotando hasta la última palabra de lo que decía la señora Zimmermann.

—De acuerdo —dijo, apartando la vista de su obra—, señora Zimmermann, ¿tiene alguna idea de qué puede haberle pasado a la anciana que regenta la tienda?

La señora Zimmermann negó con la cabeza.

—Absolutamente ninguna, oficial. ¿No dan con ella?

—No. Pero vamos a emitir una orden de búsqueda para arrestarla. Señor, vaya loca. ¿Ya vio todo esto? —señaló hacia la pila de objetos al pie de los escalones.

La señora Sipes miró a la señora Zimmermann con los ojos de hito en hito, rebosantes de preocupación.

—Señora Zimmermann, ¿qué opina usted de esto? ¿Cree que la señora Bigger era una bruja?

La señora Zimmermann la miró a los ojos.

—¿Una qué?

—Una bruja. O sea, mire estas cosas. No me imagino por qué otro motivo podría...

La señora Zimmermann chasqueó la lengua entre los dientes y negó lentamente con la cabeza.

—Señora Sipes —le dijo con voz conmocionada—, no sé qué le habrá estado contando a su hija, pero estamos en el siglo XX. Las brujas no existen.

CAPÍTULO TRECE

Aquella misma mañana, más tarde, cuando los Pottinger llegaron a la granja de los Sipes, encontraron allí al matrimonio, a sus ocho hijos, a la señora Zimmermann y a Rose Rita, todos apiñados alrededor del radio que había en el porche de la casa. Estaban escuchando el informe radiofónico de lo que ya empezaba a conocerse como «el caso de la bruja de Petoskey». Los Pottinger se mostraron, en un principio, muy tensos, pero cuando descubrieron que su hija había estado, durante un rato, secuestrada por una anciana lunática que se creía bruja..., bueno, perdieron completamente los papeles. La señora Zimmermann trató de tranquilizarlos con todos los medios a su alcance. Les hizo ver que, al fin y al cabo,

Rose Rita y ella estaban bien, y que toda aquella aventura, por terrorífica que hubiera sido, ya había terminado. Saltaba a la vista que, si hubiera encontrado el modo de hacerlo, el señor Pottinger habría culpado de todo aquel asunto a la «locura» de la señora Zimmermann, pero no tuvo tiempo de echarle la culpa a nadie, con la cantidad de ajetreo, revuelo y emotivos reencuentros que estaban sucediendo a su alrededor. El señor Sipes, que había regresado aquella misma mañana, un poco más temprano, de su viaje de negocios, se lo llevó a mostrarle el granero, y la familia invitó a los Pottinger a almorzar con ellos.

Hacia las dos de la tarde, los padres de Rose Rita se pusieron en marcha rumbo a New Zebedee. Rose Rita y Aggie se despidieron entre lágrimas por la ventanilla del coche y se prometieron escribirse durante el próximo año. Lo último que Aggie dijo cuando los Pottinger estaban a punto de arrancar fue:

—Espero que no se les ponche un neumático. Cambiarlos es complicadísimo.

La señora Zimmermann se quedó un poco más. Explicó, en un tono bastante misterioso, que tenía «asuntos de los que ocuparse». Rose Rita se figuró que debía de tratarse de algo relacionado con el anillo mágico, pero por experiencias previas sabía que no le contaría nada más hasta que hubiera concluido lo que fuera que tuviera que hacer.

Aproximadamente una semana después de haber regresado a New Zebedee, Rose Rita recibió por correo un sobre con un ribete morado. En su interior contenía un folio color lavanda en el que se leía el siguiente mensaje:

Querida:

Regresé, y Lewis también, por el momento, al menos. Al parecer, la bomba que suministra agua al campamento se rompió y mandaron a los chicos a casa hasta que la reparen. Volverá en algún momento para quedarse allí hasta finales de verano, pero, mientras tanto, estás invitada a la fiesta de bienvenida que vamos a celebrar en mi casita del lago Lyon el sábado que viene. Trae lo que necesites para pasar la noche. Si tus papás están de acuerdo, pasaré a recogerte en Bessie después de comer. Nos divertiremos mucho. No te olvides del traje de baño.

Con cariño,

Florence Zimmermann

PD: No le traigas regalos a Lewis. Bastantes cosas trajo él del campamento.

A Rose Rita no le costó convencer a su madre de que la dejara pasar la noche en la cabaña de la señora Zimmermann, así que el sábado partió, maleta en mano, rumbo al lago Lyon. De camino, intentó averiguar si la señora Zimmermann había descubierto algo sobre el anillo, pero no soltó prenda. Cuando llegaron a la entrada de la cabaña, vieron que ya había otro coche estacionado: el de Jonathan.

—¡Hola, Rose Rita! ¡Vaya, estás fantástica!

Ese era Lewis. Llevaba traje de baño puesto.

—¡Hola a ti también! —gritó ella, saludando con la mano—. ¿Y ese bronceado dónde lo agarraste? ¿En el campamento?

Lewis sonrió, feliz. Esperaba que se diera cuenta.

—Sí. Vamos, date prisa y ponte el traje de baño. ¡El último en meterse al agua es un pollo mojado! —Lewis se puso como un tomate y se tapó la boca con las manos. Jonathan le había contado parte de la historia de Gert Bigger y el anillo, y era muy consciente de lo que acababa de decir.

Rose Rita miró de reojo a la señora Zimmermann, que tosía sonoramente al tiempo que intentaba sonarse la nariz.

En cuanto Rose Rita se puso el traje de baño, bajó corriendo por la pendiente de la pradera y se tiró al agua de cabeza. Lewis estaba un poco más adelante... ¡nadando! De adelante hacia atrás, de arriba abajo. A estilo perrito pero, para ser Lewis, ya era algo. Le tenía miedo al agua desde que ella lo conocía. Cuando nadaban, siempre se quedaba chapoteando en la orilla, o se agarraba a un flotador.

Rose Rita no cabía en sí de alegría. Siempre había querido que Lewis aprendiera para poder nadar juntos. Como era de esperar, le seguía dando miedo no hacer pie, pero cada vez iba teniendo más confianza. El próximo año seguro que conseguía sacar la credencial del nivel intermedio de natación.

Después de nadar, Rose Rita y Lewis se sentaron en el césped, envueltos en sus toallas. Jonathan y la señora Zimmermann estaban junto a ellos, en unos camastros. Jonathan llevaba un traje veraniego de lino blanco que sólo usaba en las ocasiones especiales. La última ocasión especial había sido el Día de la Victoria en el Pacífico, durante la Segunda Guerra Mundial, así que estaba bastante amarillento y olía a bolas de naftalina. La señora Zimmermann estrenaba vestido morado. Había tirado el que había usado durante las vacaciones porque le traía demasiados malos recuerdos. Tenía un aspecto lozano y descansado. En la mesita entre ambos camastros había una jarra de limonada y un platito con un montoncito de galletas con chispas de chocolate.

Lewis miraba a la señora Zimmermann asombrado. Se moría de ganas de preguntarle qué había sentido cuando la convirtieron en gallina, pero no se le ocurría ninguna manera educada de hacerlo. Además, era probable que aún fuera un tema sensible para ella, así que se limitó a comerse su galleta y beberse su limonada sin decir nada.

—Bueno, Florence —dijo Jonathan, calando su pipa con impaciencia—, nos morimos de ganas de saberlo. ¿Qué averiguaste sobre el anillo, eh?

La señora Zimmermann se encogió de hombros.

—Prácticamente nada. Rastreé la casa de Oley entera, pero lo único que encontré fue esto —introdujo la mano en un bolsillo de su vestido y le tendió a Jonathan tres o cuatro anillos de hierro oxidadísimos.

—¿Qué son? —le preguntó, girándolos entre los dedos—. ¿Piezas defectuosas de su fábrica de anillos mágicos?

La señora Zimmermann rio.

—No..., o no creo que lo sean, al menos. Los encontré en un cuenco al fondo de la alacena de la cocina. ¿De verdad quieres saber lo que creo que son?

—¿Qué?

—Bueno, los vikingos usaban corazas de cuero con arandelas de hierro cosidas. Corazas de cota de malla, creo que las llamaban. Da igual, la cosa es que estos anillos se parecen a unos que vi una vez en un museo de Oslo. Creo que Oley debió de desenterrarlos junto con las puntas de flecha..., y el anillo.

—A ver, espera un momento, Florence. ¿Me estás tomando el pelo? Te recuerdo que aún conservo bastante la cordura. ¿Estás tratando de decirnos que los vikingos trajeron el anillo consigo a América?

—No estoy tratando de decirles nada, Barbarrara. Les estoy enseñando lo que encontré, y luego ustedes podrán pensar lo que quieran. Yo sólo digo que estos anillos parecen objetos vikingos. Los vikingos recorrieron el mundo entero. Llegaron incluso hasta Constantinopla. Y gran parte de los tesoros del mundo antiguo terminaron allí. Pudieron haber encontrado el anillo de otros mil modos, por supuesto. No lo sé. Como te decía, puedes pensar lo que te dé la realísima gana.

La señora Zimmermann y Jonathan se enfrascaron en una discusión sin sentido sobre si los vikingos habían llegado o no a América. En mitad de todo aquello, Lewis los interrumpió.

—Disculpe, señora Zimmermann, pero...

Ella le sonrió.

—¿Sí, Lewis? ¿Qué pasa?

—Bueno, me preguntaba si... ¿Está usted segura de que era el anillo del rey Salomón?

—No, segura no lo estoy —respondió la señora Zimmermann—. Pero digamos que es probable. Al fin y al cabo, se comportaba como se suponía que lo hacía el de Salomón, así que puede ser que se tratara del mismo anillo. Por otro lado, hay muchas historias sobre anillos mágicos que aparentemente existieron en realidad. Algunas son ciertas y otras, falsas. Tal vez fuera uno de esos otros anillos, como el de los nibelungos. ¡Quién sabe! De lo que sí estoy bastante segura, no obstante, es de que era mágico.

—¿Qué hiciste con ese condenado anillo? —preguntó Jonathan.

—¡Ja! ¡Estaba esperando que me lo preguntaras! De acuerdo. Para tu información, lo fundí en la vieja estufa de Oley. Una de las propiedades del oro es que funde a una temperatura bastante baja. Y, por lo que sé de magia, cuando un anillo mágico pierde su forma original, también pierde sus poderes. Sólo para asegurarnos, de todos modos, guardé el anillo (o sus restos, más bien) en un frasco de puré junto con unas cuantas arandelas de plomo. Luego alquilé una barca de remos en la bahía de Little Traverse, remé un rato y tiré el frasco al agua. Que tanta paz lleve como descanso deja, solía decir mi padre.

Lewis ya no se aguantaba más. Rose Rita le había contado que la señora Zimmermann no había conseguido reparar su paraguas mágico, y se sentía fatal por ello. Quería que la amiga de su tío fuera la mejor maga del mundo.

—Señora Zimmermann —se le escapó—, ¿por qué destruyó el anillo? Podría haberlo usado, ¿no? O sea, en realidad no era malvado, ¿verdad? Seguro que podría haber hecho algo bueno con él.

La señora Zimmermann miró a Lewis con severidad.

—¿Sabes quién diría eso, Lewis? Suena a lo que diría esa gente que aún defiende que la bomba atómica es un invento fantástico, que en realidad no es malo, aunque se haya usado para malos propósitos —la señora Zimmermann dejó escapar un profundo suspiro—. Supongo —añadió, despacio—, supongo que el anillo del rey Salomón (si es que realmente lo era) podría haberse usado para algo bueno. Reflexioné mucho sobre ello antes de fundirlo. Pero me dije: «¿De verdad te tienes por un alma tan angelical como para resistir el impulso de hacer maldades con este anillo?». Y luego me pregunté: «¿De verdad quieres guardarlo durante el resto de tu vida, y estar siempre preocupada e inquieta por que alguien como Gert Bigger pueda robártelo?». La respuesta a ambas preguntas fue no, y ese es el motivo por el que decidí deshacerme de él. Como bien sabrás, Lewis, ya no me quedan demasiados poderes. ¿Y sabes qué? ¡Pues que es un alivio! Pienso pasarme el resto de mis días haciendo aparecer cerillos de la nada y tratando de ganarle a Barbarrara, aquí presente, al póker —dedicándole una sonrisilla taimada a Jonathan, añadió—: Aunque para ninguna de las dos cosas haga falta demasiado talento.

Jonathan le sacó la lengua a la señora Zimmermann, y ambos se echaron a reír. Era un sonido feliz, relajante, y Lewis y Rose Rita se unieron a la carcajada.

Hubo más baños en el agua, y más comida. Cuando el sol se puso, Jonathan encendió una fogata en la orilla, y tostaron malvaviscos y cantaron canciones. Lewis repartió regalos. Eran todo cosas que había hecho en el campamento de los *boy scouts*. A Jonathan le regaló un cenicero de cobre y a la señora Zimmermann un collar de conchas blancas con un leve tono violáceo. A Rose Rita le dio un cinturón de cuero y un broche para la pañoleta que había tallado él mismo. Estaba pintado de verde con manchas amarillas, y el bulto que había en el centro se suponía que debía parecer un sapo. Bueno, al menos tenía ojos.

Aquella misma tarde, mucho después, cuando Lewis y Jonathan se hubieron marchado a casa, Rose Rita y la señora Zimmermann se quedaron un rato más sentadas junto a las brasas de la hoguera. En la otra punta del lago, ahora oscuro, se atisbaban las luces de las demás cabañas. Desde algún lugar les llegaba el sonsonete adormilado de una lancha motora.

—¿Señora Zimmermann? —preguntó Rose Rita.

—¿Sí, cielo? ¿Qué pasa?

—Hay un par de cosas que quiero preguntarle. La primera es: cómo es posible que ese anillo no la desquiciara, como hizo conmigo, cuando lo agarró. Cuando se lo di, parecía como si no le importara en absoluto, y se lo metió en el bolsillo sin más. ¿Por qué?

La señora Zimmermann suspiró. Rose Rita la oyó chasquear los dedos, y entonces vio la breve llamita de un cerillo y olió el humo del puro.

—¿Por qué no me afectó? —preguntó la señora Zimmermann al soltar el humo—. Es una buena pregunta, ¿sabes? Supongo que es porque estoy muy a gusto conmigo misma. Verás, un anillo de ese tipo sólo puede ejercer su poder sobre alguien que no esté satisfecho con cómo es.

Rose Rita se sonrojó. Aún la avergonzaba lo que había intentado hacer con el anillo.

—¿Le..., le contó al tío Jonathan lo que..., lo que estaba a punto de hacer cuando me detuvo?

—No —dijo la señora Zimmermann en voz baja—. No se lo conté. Por lo que a él respecta, el anillo te arrastró a una especie de reunión misteriosa con el demonio. Recuerda que en realidad nunca manifestaste en voz alta lo que pretendías, aunque no me costó imaginármelo. Y, por cierto, no deberías sentirte tan mal. Mucha gente habría deseado cosas mucho peores de lo que deseaste tú. Muchísimo peores.

Rose Rita estuvo un rato callada. Por fin dijo:

—Señora Zimmermann, ¿cree que la pasaré mal este otoño, en la secundaria? ¿Y cuando sea mayor? ¿Las cosas serán distintas entonces?

—Cielo —respondió la señora Zimmermann, lenta y deliberadamente—, puede que sea bruja, pero no soy profeta. Ver el futuro nunca ha sido mi fuerte, ni siquiera con mi paraguas mágico. Pero te diré algo: tienes un montón de cualidades fantásticas. Cuando intentaste manejar a Bessie, por ejemplo. Muchas chicas de tu edad no habrían tenido el valor de intentarlo. Hay que tener agallas para hacer una cosa así. Y para colarte en la tienda de la señora Bigger con la esperanza de rescatarme también. Y otra cosa: las mujeres que pasan a la historia, como Juana de Arco o Molly Pitcher, no lo hacen precisamente por haberse pasado la vida empolvándose la nariz. Y, en cuanto a lo demás, tendrás que esperar y ver qué te depara la vida. Es lo único que puedo decirte.

Rose Rita no respondió. Se dedicó a revolver las cenizas con un palo mientras la señora Zimmermann fumaba. Pasado un rato, las dos se levantaron, esparcieron un poco de arena sobre los rescoldos con el pie y se fueron a la cama.

Otros títulos en Alfaguara Infantil

EL LIBRO QUE INSPIRÓ LA PELÍCULA

LLEGÓ LA HORA DE DESCUBRIR EL SECRETO.

LA CASA CON UN RELOJ EN SUS PAREDES

JOHN BELLAIRS

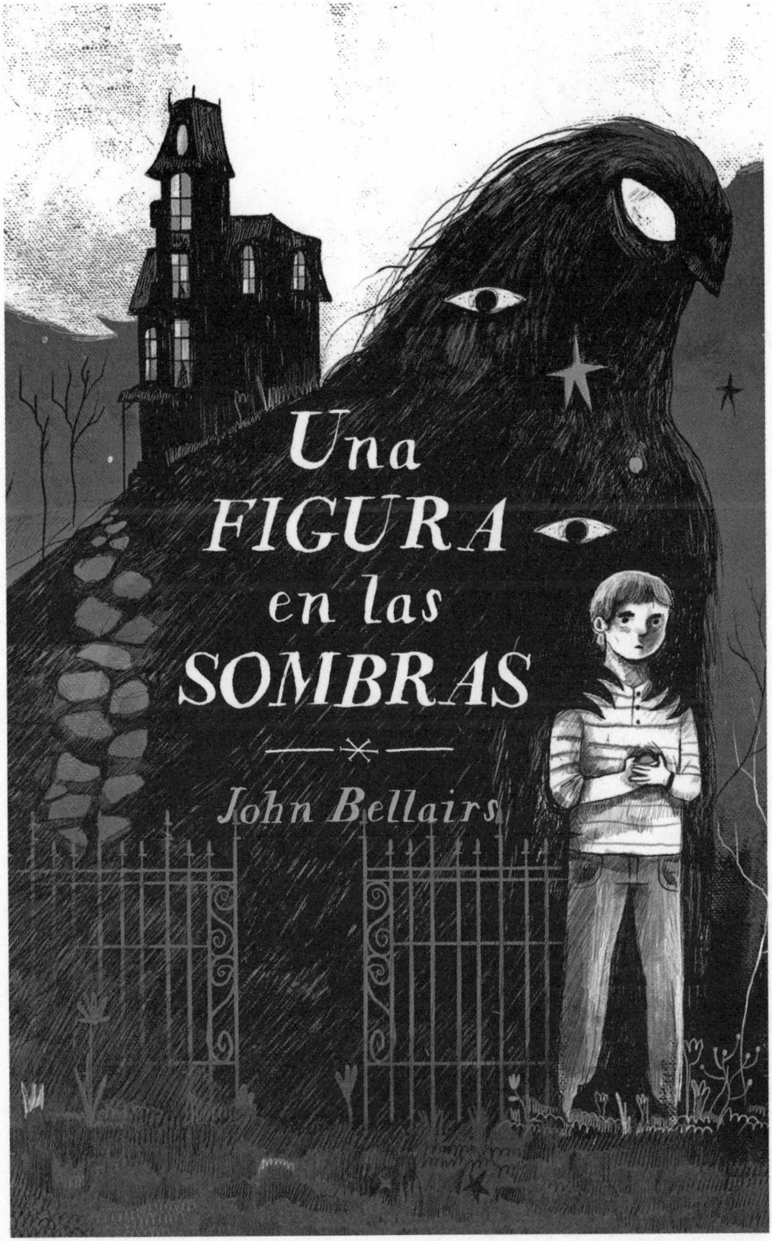
Una
FIGURA
en las
SOMBRAS
John Bellairs